비상계엄

이용호 소설집

삼사재

목차

비상계엄　005

시장실 프롤로그　031

퐁당퐁당 시장님의 몽님신서　061

이 반 장　095

세 면 장　147

그 남자의 시대　181

1987년, 성대 앞　201

종태가 출마했다.　231

비상계엄

길고도 모진 겨울이다. 송곳이 온 몸을 찔러서 못 견디게 아프다 싶더니 그것은 한겨울의 칼바람이었다. 하늘은 잠을 이루지 못했다. 그리고 눈을 뿌렸다. 하늘은 해가 뜨도록 우웅웅 서럽게 울었다. 밤새 내린 눈은 그대로 쌓였다. 아파트의 현관 입구에는 소주병이 쌓여있다. 대중은 거실의 불도 켜지 않고 그대로 웅크린 채 엉엉 울었다. 속에서 신물이 올라왔다. 우웩우웩 속을 게워냈지만 쓴 물만 올라왔다.

 대중의 아내는 죽는다고 몇 번이고 도로에 뛰어들었다. 그러는 아내를 운전자들이 용케도 피해갔다. 아니면 급정거를 했다. 그들은 아내에게 쌍욕을 했지만 그 덕분에 아내는 몇 번이나 죽을 고비를 넘겼다. 대중은 그런 아내를 겨우겨우 대학병원 정신과 병동에 입원을 시켰다. 아내는 제정신이 아니었다. 아내는 정신을 놓고 있었다. 허공만을 응시하는 아내의 눈에서는 그냥 눈물이 흘러내렸다. 그리고 "우리 은아, 우리 은아" 딸 이름만을 되뇌었다. 행방불명이 된 딸을 미치도록 찾아다닌 아내였다. 아내는 서울 시내

경찰서의 유치장이란 유치장은 다 찾아 헤메었다. 정치인들이 갇혀 있다는 B1 벙커를 찾겠다고, 아마도 우리 은아가 같이 있을 거라고, 무장을 한 군인들만 보면 매달려서 물었다. 그들은 그런 아내를 불심검문 하려다가 아내의 몰골과 혼미한 정신을 확인하고는 적당히 밀쳐냈다. 아내가 정신을 잃어가기 시작했다.

대중은 할 수 없이 아내를 정신과 병동에 입원시켰다. 아내를 병원에 두고 나오면서 기실은 대중도 아내처럼 그냥 도로에 뛰어들고 싶었다. 올 겨울 유난히도 많이 내린 눈이 도로에서 질척거렸다. 대중은 대학병원 앞의 지하철입구를 지나치다가 언덕 아래로 미끄러졌다. 질척거리는 눈 위에서 대중의 옷은 시커멓게 물들었다. 젖은 눈에 대중의 하체가 잠겼다. 찬 기운이 허리를 지나서 목 뒤로 올라왔다. 대중은 한기에 몸을 부르르 떨었다. 대중은 그 자리에서 바로 일어나지 못했다. 지나가던 사람들이 대중을 부축하려고 했다. 대중은 그 자리에서 고개를 저었다. 그리고 "아닙니다. 괜찮습니다. 고맙습니다." 하는데 눈물이 났다. 사람들이 지나갔다. 대중은 그 자리에서 두 손으로 머리를 감쌌다. 그리고 터져 나오는 눈물을 주체하지 못하고 울었다. 문득 은아가 집에 왔을 수도 있겠다는 생각이 들었다. 대중은 택시를 잡았다. 그리고 택시기사에게 서둘러 달라고 말했다. 집에 도착한 대중은 헐레벌떡 현관문을 열었다. 그러나 거실의 불은 꺼진 채, 싸늘한 그 상태 그대로였다. 대중은 "은아야 은아야" 딸의 이름을 부르면서 거실에 주저앉았다.

커튼을 친 창으로 희미하게 빛이 들어오더니 차츰 거실이 밝아졌다. 커튼과 커튼 사이의 틈으로 들어온 빛이 소파에 엎드려서 잠든 대중의 등 위에서 조심스럽다. 아침 열시는 되었을까? 지난 가을, 아내는 겨울이 오기 전에 여름커튼을 교체하겠다고 했었다. 그러나 여의치 않았던지 아내는 거실의 커튼을 교체하지 않았다. 그 덕분에 옅은 여름커튼을 친 거실창밖에서 빛이 들어왔다.

대중은 새벽 늦게 잠이 들었다. 그리고 꿈속에서 딸 은아를 만났다. 그런데 벌써 대학을 졸업하고 취업을 준비하던 은아가 아니었다. 꿈속에서 서투르게 루즈를 바른 은아는 중학교 2학년 학생이었다. 중학생 은아가 친구들을 따라서 해보고 싶었던 화장이 겨우 입술에 루즈를 바르는 것이었다. 아내가 너 입술에 루즈 발랐니? 물어봐도 아니라고, 엄마는 괜히 그런다며 은아가 대중의 등 뒤로 숨었다. 대중이 아내에게 말했다. 은아 입술이 원래 저래. 그렇지 은아야. 대중의 눈이 은아의 얼굴에 가깝게 다가가자, 은아가 대중을 밀쳤다. 아빠 담배냄새 나. 담배 좀 작작 피워. 나 간다. 은아가 집을 나섰다. 그리고 꿈이 엉켰다. 은아가 사라졌다.

대중은 여의도 국회의사당 앞의 밤거리를 헤메고 있었다. 춥고 휑한 거리였다. 사람도 없는 그 거리에서 대중이 불 꺼진 어느 건물 앞에서 소리치고 있었다. "은아야 은아야, 누가 우리 딸 좀 찾아주세요." 아무런 대답이 없다. 속이 쓰렸다. 그리고 눈이 떠졌다. 꿈이었다. 대중은 몸을 가까스로 일으켰다. 목이 탔다. 대중은 물을 꺼내려고 냉장고를 열었다. 물이 없었다. 대중은 씽크대의 수도꼭지를 틀었다. 대중은 수도꼭지에 입을 대고, 쏟아지는 물을 벌컥벌컥 받아마셨다. 커튼을 헤집고 들어온 빛이 어지럽혀진 대중의 거실을 비추고 있었다.

 핸드폰이 울렸다. 몇 번을 울리더니 소리가 멈췄다. 그리고 다시 울렸다. 대중이 소리 나는 곳을 찾아서 핸드폰을 들었다. 전화를 건 이는 대중이 세든 상가의 주인할머니였다. 대중은 통화버튼을 눌렀다. 대중은 세달째 가게의 월세를 내지 못했다. 은아의 소식이 끊어진 지난 두 달 동안 대중은 운영하던 생맥주집도 열지 못하고 있었다. 그러니 월세를 낼 형편은 더더욱 아니었다.

 "아유 왜 이렇게 전화를 안받아요? 젊은 사람이 전화는 잘 받아야지. 아니 이제 일어났수? 아유 근데 말이유, 이렇게 전화해서 미안한데 월세 때문에, 벌써 세 달이나 밀렸잖우. 내가 아주 죽겠어. 세금도 내야하구, 은행이자도 내야 하구, 내 사정 좀 하리다. 응? 나 좀 봐주시구랴."

 "예 보내드려야지요."

"아니 근데 요즘 장사는 통 안하슈? 가게가 맨날 문이 닫혀있어. 아니 이게 무슨 일이래. 그 좋은 자리에서어"
"네 그게 좀, 저 어르신 제가 전화드릴게요."
"알았수 그럼 전화 하슈 내 좀 부탁허우, 그럼 끊어요오."

주인할머니는 은아의 행방불명 소식을 알지 못했다. 대중이 저간의 사정을 이야기 하지 않았기 때문이다. 물론 말이라는 것이 다리가 없어서, 상가에서도 은아의 행방불명 소식을 알만한 사람들은 알았다. 다만 주인할머니는 모르는 것일 수도 있고, 또 안다고 해도 아는 척 해서 집세라도 깎아줄 거 아닌 바에는 그냥 모르는 척 하는 것일 수도 있다. 주인할머니는 며칠 내로 또 한번 월세를 독촉하는 전화를 할 것이다.

다시 전화벨이 울렸다. 카드결재를 하라는 독촉전화였다. 대중은 '네네 알았습니다'를 반복했다. 전화를 끊자 이번에는 캐치콜이 들어와 있었다. 같은 아파트상가 2층에서 컴퓨터수리점을 하는 세현의 전화번호였다. 다시 전화벨이 울렸다 세현이 다시 하는 전화였다.

"형님 뭐 좀 드셨어? 집이유?"
"아니 응 그냥."

"그런 말이 어딨어? 집이구만, 집사람이 굴죽 쒔다고 형님 갖다 드리래."
"힘들게 뭘."

 세현네 부부와 대중네 부부는 자주 어울리는 사이였다. 그래서 지금의 대중네 부부의 사정을 세현네 부부는 알고 있었다. 세현이 집으로 죽을 가지고 왔다. 세현은 대중을 억지로 식탁 의자에 앉게 했다. 세현의 성화에 대중이 죽을 몇 술 떴다.

"형님 은아 살아있을 거야. 걔가 어떤 앤데, 은아가 보통 야무진 애가 아닌데, 그러니까 형님이라두 기운을 좀 내시고."
"그러게 우리 은아 살아있어야지. 요즘 같아서는 정말, 이대로는 못살 거 같애."
"알지, 왜 모르겠어요. 부모 맘이 어떤 건지, 내가 자식은 없어두 그건 아네. 형님 우리 기운 차립시다."
"그래야지. 내가 우리 은아 생각해서라도 기운내야지."

 세현이 어디선가에서 온 전화를 받고 대중의 집을 나섰다. 그릇은 그냥 그대로 두라고 했다. 나중에 가지고 가겠다고 했다. 세현은 요즘 죽을 맛이라고 했다. 대중이 알기로 그는 주식투자를 했다. 전업투자자라고 할 정도로 주식투자가 그의 일이었다. 컴퓨터 수리점은 기왕 배운 기술을 썩히기 싫어서 하는 거라고 했다. 그래서 그런지는 몰라도 세현은 세상 돌아가는 상황을 누구보다도 많이 알고 있었다. 그는 일찌감치 트럼프의 재등장을 예측하기도 했었다. 다만 세상 돌아가는 것에 해박한 그였지만, 45년 만에 비상계엄이 선포될지는 꿈에도 생각하지 않았다.

"동생은 요즘 견딜만한가?"라고 대중이 물었을 때 세현은 "죽갔시다. 아주 이건 뭐 주식이 반토막도 이런 반토막이 없수. 나야말로 막막합니다."라고 푸념했다.

세현은 대중의 집을 나서기 전에 죽그릇 옆에 슬쩍 오만원권 지폐를 한 장 놓았다. 그리고 배웅하는 대중에게 말했다.
"형님 식탁에다 오만원짜리 한 장 놨어요. 병원에 갈 때 아주머니 뭐 좀 드실 거라도 사가시라구요. 요즘 경기가 없어서, 그것 밖에 못드려요. 죄송해요."

대중이 화들짝 놀라서 그럼 안된다고 돈을 돌려주려고 식탁으로 돌아서자 세현이 "형님 저 가요." 하고 얼른 대중의 집을 나갔다.

겨울의 초입에서 대통령이 비상계엄을 선포했다. 텔레비전에 '긴급속보' 자막이 뜨더니 대통령이 등장했다. 방송에 등장한 대통령은 담화문을 읽어 내려갔다. "친애하는 국민 여러분 저는 이 비상계엄을 통해 망국의 나락으로 떨어지고 있는 자유 대한민국을 재건하고 지켜 나갈 것입니다. 저는 지금까지 패악질을 일삼고 있는 망국의 원흉 반국가 세력을 반드시 척결하겠습니다. 등등등"

 그리고 텔레비전 화면에 비친 국회의사당 상공에서는 군용 블랙호크헬기가 여러 대 내려왔다.
 그 헬기에서 군인들이 쏟아져 나왔다. 그들은 소총과 야간투시경으로 중무장한 특수전 병사들이었다. 뉴스에서는 포고령 전문이 발표되고 있었다.

 긴박한 상황에서 야당대표가 유튜브 생중계로 야당 국회의원들에게 국회로 와 줄 것을 호소했다는 뉴스가 떴다. 그는 국민들에게도 도와달라고 호소했다. 국회는 경찰병력들에게 포위되어 있었으나 국회의장이 어렵게 국회의 담장을 넘었다. 그는 바로 국회의사당 본회의장으로 들어갔다. 다른 국회의원들도 속속 국회에 도착했다. 그들은 담장을 넘다가 다치기도 했다. 대통령의 비상계엄 소식에 많은 사람들이 국회로 달려갔다. 그들은 국회의사당으로 들어가려는 국회의원들을 도왔다. 그리고 중무장한 군인들과 몸으로 맞섰다. 어떤 이는 국회로 향하는 장갑차를 맨몸으로 막아서기도 했다. 어떤 이들은 군인을 태운 버스를 막고 눕기까지 했다. 그러나 그들은 중무장한 군인들과 경찰들에 의해서 여의도공원 밖으로 밀려나고 있었다.

중무장한 군인들이 국회의 유리창을 깨고 국회로 들어갔다. 국회 안에서는 보좌진들이 집기들을 꺼내다가 바리케이트를 쳤다. 총으로 밀고 들어오는 군인들을 그들은 소화기를 분사하면서까지 격렬하게 저항했다. 그러나 중무장한 군인들을 막아내기에는 역부족이었다. 결국 군인들이 국회 본관 본회의장으로 난입했다. 그들은 국회의장과 야당대표를 비롯한 국회의원들을 끌어내기 시작했다. 그들은 끌려나가지 않으려고 필사적으로 몸부림쳤지만 군인들을 상대하기에는 숫적으로도, 힘으로도 역부족이었다. 밖으로 끌려나가는 국회의장과 야당대표의 안경이 바닥에 떨어졌다. 그 안경들은 군홧발에 짓이겨졌다. 여성 국회의원들은 저항하다가 실신하기도 했다. 국회의원들은 국회의장과 야당대표를 보호하기 위해서 필사적이었지만, 폭력을 불사하는 그들을 막아내는 데에는 한계가 있었다. 그리고 텔레비전에 비친 본회의장에 갑자기 불이 꺼졌다. 계엄군이 국회의사당의 전기를 끊은 것 같다고 했다. 국회 본회의장에는 군인들이 착용한 야간투시경의 빛과, 끌려나가지 않으려고 발버둥치는 국회의원들의 외마디 비명이 부딪히고 있었다.

대중부부는 그때 그들이 운영하는 호프집에 있었다. 가게에는 손님이 한 테이블 밖에 없었다. 코로나 때보다도 손님이 줄었다. 그 때는 배달이라도 있었고, 재난지원금이라도 풀려서 손님이 웬만큼은 있었다. 지금 생각하면 그 때가 호시절이었다. 부부는 무료하게 텔레비전을 보면서 가게를 지키고 있었다. 그런데 갑자기 긴급속보가 떴다. 그리고 집에 혼자 있던 딸 은아에게서 전화가 왔다.

"아빠, 엄마랑 같이 있지? 대통령이 지금 비상계엄을 선포했어. 나 나가. 지금 가봐야 돼."
"뭐라구? 어딜 간다구? 알아, 아빠랑 엄마도 지금 텔레비전 보고 있어서 알아. 너 근데 지금 거기가 어디라고 간다고 그래. 안돼. 가지마 위험해. 절대 안돼. 너 그대로 있어. 지금 엄마랑 집에 들어갈게."
"아니야. 나 빨리 가야 돼 아빠. 걱정하지말구 알았지? 엄마한테도 걱정하지 말구 먼저 자라구 해 아빠 전화할게"
하고 전화를 끊었다. 미처 말릴 겨를도 없었다. 대중부부가 서둘러서 집으로 갔지만 은아는 벌써 집에 없었다. 그렇게 집을 나간 은아는 그 이후로 돌아오지 않았다. 그 날 은아는 집을 나선지 두 시간 쯤 후에 대중에게 전화를 했었다. 그렇게 여러 번 전화를 해도 받지 않던 은아의 전화였다. 은아는 대중이 화를 내기도 전에
"아빠 알아, 아빠 화났지? 걱정하지마. 내가 누구야. 그리고지금 여의도에 겨우 도착했어. 여기 사람 많아. 아빠 지금 오래 통화할 수 없어. 걱정하지 말구 먼저 자. 나 늦을거야. 알았지?"
그렇게 은아는 자기 말만 하고 전화를 끊었다. 그 이후로 은아와의 통화는 더 이상 이루어지지 않았다.

은아는 어서 시민들이 비상계엄을 막아야 한다고 했었다. 친구들도 거기에서 만나기로 했으니까, 다 잘될 거니까, 걱정하지 말라던 은아였다. 다음 날 은아의 핸드폰은 여의도 국회의사당역 입구에서 발견되었다. 대중의 아내가 은아의 핸드폰을 발견했다. 핸드폰 뒤에 토끼풀스티커가 붙여진, 분명 은아의 핸드폰이었다. 은아의 핸드폰을 발견한 건 아마도 엄마들만의 특별한 능력 때문일 것이다. 핸드폰은 이미 파손되어서 그 기능을 상실한 상태였다. 대중의 아내는 은아의 핸드폰을 두 손으로 쥐고 "으어엉 으어엉" 오열했다. 은아의 핸드폰을 발견했을 때에는 "어어억 여보, 우리 은아 우리 은아 핸드폰이야 맞아 맞아 으아아악."하며 자지러졌다. 대중의 눈에 보이는 국회의사당역 주변의 거리는 하늘에서 핏눈이 내린 것처럼 온통 핏빛이었다. 아직 치워지지 않은 핏자국이며, 신발이며, 옷가지까지, 핏빛으로 물들은 채 널브러져 있었다. 국회의사당은 탱크를 앞세운 군인들이 둘러싸고 있었다.

지난 밤 여의도 국회의사당 앞에는 비상계엄을 저지하려고 모인 시민들 다수가 총에 맞았다고 했다. 그들은 무차별적인 폭력 앞에서 처참하게 쓰러졌다고 했다. 그들은 군인들에 의해서 어디론가 끌려갔다고 했다. 야당대표를 포함한 많은 국회의원들이 잡혀갔다고 했다. 거리의 소식을 전해주던 유튜버들도 조만간 자신들도 몸을 피해야 할 것 같다고 했다. 마지막 방송이라며 울먹이면서 방송을 하는 사람도 있었고, 결의에 찬 표정으로 끝까지 싸우겠다는 사람도 있었다.

 시민들은 공원부터 길게 늘어선 차벽을 넘지 못했다. 벌써 국회의사당의 정문에서 여의도공원에 이르는 거리는 무장군인과 경찰들로 둘러싸여 있었다. 물론 여의도역 입구는 진작 폐쇄되었다. 하룻밤 사이에 일어난 일이었다. 꿈이라고 해야 할 일이었다. 이것은 악몽이어서, 어서 잠에서 깨면 훅 하고 사라졌으면 좋을 그런 악몽과도 같은 시간이었다. 그 암흑 같은 현장에 은아가 있었다. 대중 부부는 딸을 찾으려고 허겁지겁 달려왔다. 무엇보다 딸의 생사가 걱정되었다. 꼬박 뜬 눈으로 밤을 새운 부부는 동이 트기도 전에 집을 나섰다. 가면 어떻게 하든, 가면 찾을 수 있을 것이라고 애써 서로를 위로했었다.

 하지만 텔레비전과 라디오에서는 시민들께서는 절대 여의도로 오지 마시고, 그 자리에서 현업에 종사하시라는 아나운서의 멘트가 흘러나왔다. 그리고 긴급속보로 "여의도 일대를 배회하는 자는 무조건 체포"라는 자막이 텔레비전 화면 아래로 빨간색 바탕의 박스에 흰 글씨로 고정되었다.
 국회의사당 방향으로는 차량을 통제하고 있다는 소식에 마포의 어느 주차장에 차를 맡긴 부부는 무작정 마포대교를 건넜다.

 3월에 접어들었는데 늦은 눈이 왔다. 그래도 절기는 무시할 수 없어서 낮이 되면 날씨는 영상의 기온으로 올라갔다. 하지만 눈은 바로 녹지 않았다. 하루 종일 거리에서 질척거렸다.

대중은 가게를 그대로 둘 수는 없어서 청소라도 하려고 나왔다. 가게 입구에는 공과금고지서며, 카드대금청구서까지, 그리고 주인할머니의 통고서까지 쌓여있었다. 대중에게 병원에서 연락이 왔다. 아내의 병원비 중간계산을 하라는 통보였다. 통장잔고는 비었고 카드는 더 이상 돌려막기를 할 수도 없었다. 그렇다고 어디에서 돈을 빌릴 때도 없었다.

은아가 돈을 내밀었다. 엄마한테는 비밀이라고 했다. "아빠가 가장인데 아빠가 힘을 내야지" 라면서 은아가 내민 봉투는 두둑했다. 삼백만원이라고 했다. 아르바이트 해서 번 돈이니까 그냥 아빠가 쓰라고 했다. 그 때 대중은 카드결재를 못해서 전전긍긍했었다. 그 눈치를 차리고 은아가 슬쩍 돈을 내민 것이다. 항상 여유롭지 않은 형편이었다. 그 때 상가 오른편의 한 구석에서 대중은 담배를 피우고 있었다. 어떻게 아빠를 발견했는지 슬쩍 와서는 돈을 쥐어주고는 뛰어갔다. "아빠 제발 담배 좀 피우지 마. 나 학교 가" 은아는 대학 시각디자인과를 다녔다. 어려서부터 그림을 잘 그리는 아이였다. 은아는 웹디자인업체로 아르바이트를 다닌다고 했었다.

또 은아 생각이 났다. 대중은 눈물 대신 담배를 한개피 피워물었다. 담배를 피우러 가게 밖으로 나갈 생각도 없었다. 그 때 대중은 카드가 막힐 뻔 했었다. 지금처럼 카드 돌려막기로 겨우 버티고 있었다. 그러다가 돌려막기도 할 수 없는 상황까지 이르렀었다. 그 때 은아의 돈은 가뭄의 단비였다. 그렇게 은아는 속이 깊었다. 고맙고 착한 딸이었다.

 상가 앞에서 크게 싸우는 소리가 들렸다. 세현의 소리였다. 대중은 담배를 서둘러서 끄고 가게 밖으로 나갔다.

"아니 그게 말이나 되요? 뭐가 잘돼요. 잘되긴."
"뭐 내가 틀린 말 했나? 빨갱이새끼들 다 잡아가서 속이 후련타 했는데 그게 뭐 잘못됐나?"
"이런 씨발, 빨갱이새끼 좋아하네, 지금 세상에 빨갱이가 어딨어? 아니 씨발 이렇게 민주화 된 나라에서 비상계엄이나 하구, 그 자식이 미친 자식이지?"
"어허 여기 빨갱이새끼가 또 있었구만, 내 어서가서 신고해 버려야지 내 이자슥을."
"그래 해라 이 썩어빠진 영감탱이야."
"어허 너 말 잘했다. 이 빨갱이새끼야."
"그래 씨발 어디 빨갱이새끼들 다 잡아넣으니까, 그래 아주 좋아죽겠다 씨발"
"이 자슥이 뭐라 그러노. 니 정신 나갔나?"

세현이 어느 노인네하고 입씨름을 하고 있었다. 아니 입씨름 정도가 아니고 한판 싸움을 하고 있었다. 두 사람 사이에 오가는 말로서 그들이 왜 이렇게 언성들을 높이는지는 바로 알 수 있었다. 정치라고는 정치의 정자도 모르는 대중이었다. 장사하는 처지에 정치적인 발언을 하는 것은 절대 도움이 안된다고 생각하던 대중이었다. 그런데 듣자하니 속에서 열불이 올라왔다. 저 영감을 대중도 안다. 상가를 몇 개 가지고 있는 영감이다. 아주 지독한 영감이라 그 상가에 들어가서 장사를 한 사람들은 이를 갈았다. 가게를 넘기면서 권리금이라도 몇 푼 받으려고 하면 그는 절대로 인정 하지 않았다. 그리고 나가려는 사람에게는 원상회복을 조건으로 보증금에서 철거비 명목으로 악착같이 제했다. 그리고 자신은 그 가게를 권리금 받고 넘겼다. 물론 그 심부름만 하는 부동산이 있었다.

"거 씨발 사람 가슴에 천불나게 하지 마시고요. 좀 그냥 주둥이 닥치고 가시오, 네?"

대중이 치밀어오르는 화를 주체하지 못하고 세현과 영감의 싸움에 끼어들었다. 빨갱이새끼들을 다 잡아가서 속이 후련하다니, 그럼 우리 은아도 빨갱이새끼라는 말인가? 대중의 화가 머리끝까지 치밀어 올라왔다. 손이 부들부들 떨렸다. 그런 대중을 세현이 보았다. 그대로 놔뒀다가는 살인이라도 할 얼굴이었다. 세현의 눈에 보이는 대중은 이미 화가 치밀어서 눈이 돌아가고 있었다. 대중이 큰 사고를 치기 전에 막아야 했다. 세현은 급하게 영감에게 소리쳤다.

"아 씨발 쫌 빨리 꺼지라고."

영감도 대중의 돌아가는 눈을 보고 상황파악이 되는 듯 했다. 영감도 귀는 있어서 생맥주집 딸이 끌려가서 소식을 모른다는 이야기를 들었을 것이다. 자식 잃은 부모 눈에 무엇이고 보일 리 없다는 것을 영감은 살아온 세월로 알 수 있었다.

"내 이자슥들 가만두나 봐라"
볼멘소리를 하면서 영감이 황급히 자리를 피했다, 세현이 대중을 진정시키면서 상가 오른편으로 데리고 갔다. 세현은 대중에게 자신이 왜 그렇게 영감에게 화를 냈는지 말하지 않았다. 세현 덕분에 겨우 마음을 진정한 대중은 담배를 한개피 피워물었다. 담배를 피우는 대중의 손이 아직도 떨리고 있었다. 그 옆에서 세현도 말없이 담배를 한개피 피워물었다. 아파트 상가의 편의점이나, 심지어는 세탁소까지 사람들의 발길이 끊어졌다. 세상이 어수선하고 공포스러운 요즈음이다. 사람들이 움츠려들고 주머니도 닫았다. 상인들의 심란한 한숨이 상가를 덮고 있었다.

광주에서 대중의 큰처남이 올라왔다. 오후 늦게였다. 일찍부터 서둘렀는데도 지금 왔다고 했다. 사는 게 그리 넉넉하지 않은 큰처남은 대중의 손을 잡고 눈물부터 뿌렸다. 그리고 미안하다는 말만 했다. "목구녕이 포도청이라고 사는 게 뭣이라고 이제사 올라왔다."고 했다. 큰처남은 보일러기술자였다. 사람들이 몰려있는 이곳도 일이 없는데 광주야 오죽하랴 싶었다. 대중은 큰 처남이 앉기 전에 주섬주섬 거실바닥을 정리했다. 라면 끓여먹은 냄비부터, 빈 소주병에 담뱃갑들을 치웠다.

"아따 그냥 놔두랑께, 암시랑도 안해." 큰처남이 대중을 말리면서 소파에 앉았다.

"이서방이 지금 청소고 뭐고 할 정신이나 있겠는가. 그나저나 미안허네. 일찍 와 봐야 하는데 내가 무심했네."

"형님도 별 말씀을 다 하십니다. 형님이 미안할 게 뭐 있습니까? 있다면 저 우라질 인간들이지요. 에고 천벌을 받을 놈들, 참 형님 집사람은 많이 좋아졌어요. 혹시라도 엄한 맘 먹을까봐서요. 당분간은 그냥 병원에 있게 하려구요."

"예끼 못난 거, 이 판국에 정신 차려야지. 새끼는 새끼고, 우선 집안 건사부터 해야지, 예끼 못난 거, 암튼 이서방이 고생이 많네."

"고생은요, 그리구 은아 엄마 못나지 않았습니다. 잠깐 계세요 형님, 커피라도 한잔 타오게요."

" 허 이 와중에 마누라 편드는 것 보소. 잉? 잉 그러게 커피 한잔 묵세, 가만 저거 우리 은아가 그린 거 아닌가?"

"네 그렇죠. 은아가 그린 거."

 큰처남이 거실에 걸린 액자를 가리키면서 물었다. 액자 속에는 타일크기 만한 토기풀 그림 두개가 나란히 자리 잡고 있었다. 하나는 토끼풀 군락의 그림이, 그리고 다른 하나는 활짝 핀 토끼풀꽃 그림이었다. 대중네 아파트단지에 조그만 토끼풀밭이 있었다. 은아가 그 토끼풀밭을 그린 것이다. 토끼풀밭이 단지를 조성하면서부터 생긴 것인지, 아니면 저절로 자리를 잡은 것인지는 확실하지 않다. 다만 은아는 봄이 짙어갈 무렵이면 그 곳에서 네잎 클로버 찾기를 즐겨했다. 6월이면 토끼풀로 반지를 만들고 팔찌도 만들었다. "너는 그렇게 토끼풀이 좋냐?"라고 물으면 은아는 "응 좋아."라고 했다. 은아는 토끼풀꽃으로 반지를 만들었다. 그리고는 쑥스러워 하는 아빠의 손을 잡고 그 토끼풀꽃 반지를 끼워줬다. 팔찌를 만들어서는 엄마의 손목에도 채워줬다. 그리고 환하게 웃었다. 그리고 은아는 토끼풀을 그렸다. 은아는 토끼풀밭을 가만히 보고 있으면 마음이 편해진다고 했었다. 초록색 풀밭위에 소복소복 무리진 토끼풀이 좋고 그 평화로움 속에서 하얗게 핀 토끼풀꽃이 좋다고 했다.

 큰처남이 엉거주춤 일어나더니 은아의 방문을 열었다. "여그가 우리 은아 방인가? 오메 우리 은아, 우리 아가." 하고 눈물을 흘렸다. 큰처남은 정이 많은 사람이었다. 그런 큰처남은 은아를 유난히도 예뻐했었다. "아따 나가 이러믄 안되는디, 어이 미안허네 이서방, 내가 이렇게 은아가 눈앞에 삼삼한데 이서방이야 오죽하겄는가?"

 그러더니 큰처남이 주머니에서 불쑥 돈 봉투를 꺼내서 대중의 손에 쥐어주었다.

 "어이 이서방 얼마 안되네 이거 받게."

 대중은 그러는 큰처남의 손을 뿌리쳤다. "아니 형님도 어려우신데 그냥 마음만 받을게요."

 "이서방 그러믄 안되네. 자 받아 어서"
 큰처남이 완강하게 돈을 내밀었다. 그리고 다시 말을 이었다.

 "이서방 이러믄 안되네 큰외숙이, 아니 오빠가 되가지고 병원비 쫌 보태겠다는데, 이러믄 안되네. 나 시방 갈라네. 여기 있으믄 자꾸 눈물만 나서 안되겠네. 시방 내려가야지. 나 내일 일 맞춰놓은 게 있단 말이시."

 큰처남이 떠났다. 큰처남은 가면서 대중이 문 밖으로도 나오지 못하게 했다. 그 바람에 대중은 그 자리에 서서 큰처남을 배웅

했다. 큰처남이 대중의 손에 쥐어주고 간 돈 봉투는 묵직했다. 아내의 병원비 중간계산을 하고도 남을 돈이었다. 큰처남이 가면서 말했다.

"예끼 나쁜 놈들, 가만있어봐 사람들이 가만 안있을 것이여. 지금 광주는 폭풍 전야라 말이시, 5.18두 겪었던 광주여. 우리가 일어난당께. 얼마 못가 이놈들, 그러니까 힘내라고 잉?"

그리고 큰처남은 서둘러서 광주로 내려갔다.

대중은 거실의 커튼을 열어젖혔다. 그리고 거실의 창을 활짝 열었다. 해가 진 하늘에서 찬 바람이 한바탕 몰려들어왔다. 들어오는 바람에 한 점 미풍도 실려서 들어왔다. 대중은 거실 청소를 했다. 그리고 여기 저기 벗어놓은 옷가지를 세탁기로 가지고 갔다. 세탁기를 돌렸다. 싱크대에는 거실에서 날라온 라면 끓인 냄비부터 그릇들이 쌓여져 있었다. 참으로 오랜만에 대중은 설거지를 했다. 한동안 바깥바람을 맞은 거실이 춥다고 느낄 즈음 대중이 거실창을 닫았다.

그러나 커튼은 그대로 놔뒀다. 해가 진 아파트의 고만고만한 불빛들이 거실창 밖에서 모처럼 사람 사는 냄새를 풍기고 있었다.

대중이 아내가 입원해 있는 대학병원의 정신과 병동으로 전화를 했다. 담당간호사에게 아내를 바꿔달라고 했다. 간호사는 아내가 많이 좋아졌다고 했다. 상담치료도 열심히 잘 받고 계신다고 했다. 막 저녁식사를 끝냈다고 했다. 아내는 바로 전화연결이 되었다.

"여보 엉 나, 막 저녁 먹었다며?" 아내가 잘 먹었다고 했다. 그리고 뭐하러 전화를 했느냐고도 했다.
"아니 해야지, 간호사선생님이 그러는데 좋아졌다며?"
아내가 좋아졌다고 했다. 아내는 은아 소식을 물었다.
"아니 아직, 근데 우리 은아 어디선가 잘 있을거야. 그러니까 우리가 기운내야 해."
아내가 울었다.
"울지마, 참 나 내일 병원에 갈 거야. 오늘 광주 큰형님이 다녀가셨어. 당신 병원비하라구 목돈을 내놓고 가시는데 안받을라고 해도 뭐 막무가내시라."
아내가 "그랬어? 고맙네."라고 했다. 그리고 "주는 돈을 왜 안받아? 당신 돈 없잖아."라고 했다.
"참 그리고 세현 사장이 당신 뭐 맛있는거 사다 주라고 돈을 놓고 갔어."
아내가 "세현사장도 어려울텐데 뭐하러 그 돈을 받아?"라고 했다.
"여보 나 내일 아침에 갈게, 병원비 중간계산도 하구 당신도 보려고, 당신 뭐 먹고 싶은 거 있으면 말해 내가 사가지고 갈게."

아내가 "돈 쓸 일도 많은데 뭘."이라고 했다. 그리고 아내가 "당신 요즘 뭐라도 잘 챙겨먹고 있지?"라고 했다. "가게는"하다가 그만 입을 다물었다.
"여보 내일 봐, 잘 자고"
아내가 "알았어, 그만 끊어."라는 말을 남기며 전화를 끊었다.

대중은 오랜만에 냄비밥을 했다. 냄비밥은 반찬 없이 먹어도 먹을 만 했다. 그리고 대중은 텔레비전을 틀었다. 요즘은 텔레비전 프로도 검열을 받는다고 했다. 텔레비전에서는 오래된 외국영화가 나오고 있었다. 대중은 텔레비전을 껐다.

다음날 아침, 대중은 일찍 일어났다. 어제 밤에는 매일 마시던 술도 마시지 않았다. 그런데 갑자기 현관문을 세게 두드리는 소리가 났다. 밖에서
"이대중씨 이대중씨 안에 있는 거 다 알아요. 어서 문 열어요."
하는 낯선 소리가 들렸다. 대중은 '무슨 일이지?' 하고 현관에서 문밖을 향해서 물었다.
"왜 그러세요? 어디서 왔어요? 아침부터.""이대중씨 포고령위반으로 긴급체포하러 왔으니까 어서 문 열어요."

대중은 포고령위반이라는 말에 덜컥 겁부터 났다. '아니 내가 무슨 포고령을 위반했다고?'

밖에서 계속 소란스럽게 현관문을 두드렸다. "문 바로 안 열면 바로 문 따고 들어갑니다."라고 했다. 대중은 엉겁결에 네 하며 현관문을 열었다. 허리춤에 권총을 찬 사내 둘이 대중의 집 안으로 들어왔다. 대중은 뭐라고 말 할 겨를도 없이 그들에게 체포되었다. 그들은 대중의 두 손에 수갑을 채웠다. 그리고는 대중을 현관 밖으로 데리고 나갔다. 앞집 남자가 소란스러웠는지 밖으로 나왔다. 그는 대중과 대중의 두 손에 수갑을 채운 두 사내를 보더니 그들을 막아섰다.

그리고 "뭡니까? 아니 백주 대낮에 선량한 시민에게 이래도 되는 겁니까? 당신들 뭐요? 어디서 나왔어요?"라고 항의를 했다. 두 사내 중 한 사내가 앞집 남자의 배를 사정없이 가격했다. 그리고 말했다.

"보면 몰라? 당신 눈에는 우리가 우습게 보여? 이거 당신도 빨갱이 아냐?"했다. 앞집 남자가 배를 움켜쥔 채 아무 말도 못했다. 대중을 체포한 두명의 사내와 대중이 엘리베이터를 타고 내려오는 동안 엘리베이터에 타려던 사람들은 놀라서 그 엘리베이터에 타지 않았다. 아파트 주차장에 그들이 타고 온 군용차량이 있었다. 그들은 대중을 뒷자리에 짐짝 구겨 넣듯이 집어넣었다. 그 차에 세현도 타고 있었다. 세현의 얼굴 오른쪽이 심하게 부풀어 올라 있었다. 사내들은 세현을 먼저 체포하고 대중을 체포했다. 대중과 세현은 지역계엄사령부로 끌려갔다. 그들은 지하의 어두운 취조실에 각자 넣어졌다.

대중은 세현과 싸우던 영감을 떠올렸다. 그 영감이 신고한것이 틀림없었다. 그렇다고 해도 그것이 어떻게 포고령위반인지 도무지 이해할 수가 없었다.

한 평도 채 안되는 취조실 안에서 빨간 등 하나가 테이블과 의자에 앉은 대중을 비추고 있었다. 밖에서 욕설이 들려오고 자지러지는 소리가 들렸다. 어느 방엔가 세현도 있을 것이다. 아까 차안에서 본 세현의 얼굴은 심하게 부풀어 올라 있었다. 아마도 그들에게 저항하다가 맞은 듯 했다.

대중은 아내가 생각났다. 어제 저녁의 대화도 생각났다. 아내는 지금 자신을 기다리고 있을 것이다. 어서 나가야되는데 큰일이었다.

사내 한명이 대중이 있는 취조실에 들어왔다. 대중의 앞에 앉은 사내는 가지고 온 서류철을 대중 앞에 내려놨다.

"저 선생님, 저 지금 아내가 병원에 있어서요, 병원비 중간계산도 해야 하고요. 그리고 오늘 일찍 면회가기로 해서요."

사내가 피식 웃으면서 대중을 쳐다봤다. 그리고 말했다.

"당신 못나가. 조사할 게 많아. 포고령위반은 말이야. 체포영장

없이 체포,구금, 압수수색을 할 수 있다는 거 알아? 즉시처단이야. 그리구 말이야 당신은 빨갱이야. 알아? 빨갱이새끼가 어딜 나가?"

대중은 사내의 말에 정신이 혼미해졌다. 쿵 가슴이 내려앉았다.

"저, 병원에 아내 병원비 중간계산 하러 가야되는데요. 아내도 만나야 돼요."라고 절규하다가 대중은 그만 정신을 잃었다.

멀어져가는 의식 속에서 아직도 국회의사당역 주변의 거리는 하늘에서 핏눈이 내린 것처럼 온통 핏빛이었다. 아직 치워지지 않은 핏자국이며, 신발이며, 옷가지까지 핏빛으로 물들은 채 널브러져 있었다. 국회의사당은 탱크를 앞세운 군인들이 둘러싸고 있었다.

시장실 프롤로그

시장비서실 문이 열리면서 손사장이 들어섰다. 데스크의 한 옆에 앉아있던 재관이 일어나면서 그를 맞았다. 재관과 눈이 마주친 손사장은 그에게 오른손 엄지손가락을 세우며 "계셔?" 했다. 재관이 "네엡 계십니다." 했다. 아주 친근한 응대였다. 재관은 그를 시장의 집무실로 안내했다. 손사장의 오른 손에는 커피캐리어가 들려져 있었다.

여섯 잔짜리 커피캐리어가 묵직해보였다. 손사장보다 먼저 시장 집무실에 들어선 재관이 "손사장님 오셨습니다." 하자 조시장이 "어 어서와" 하면서 손사장을 반겼다. 재관이 손사장의 커피캐리어를 받아서 접견용 테이블에 올렸다. 재관은 시장과 손사장에게 목례를 하고 데스크 뒤의 자기 자리로 돌아왔다.

재관은 조시장과 함께 시청에 입성하던 때를 떠올렸다. 벌써 육 개월 전의 일이다. 취임식은 문예회관에서 했다. 지역언론에서는 시장 취임식에 시청공무원을 포함한 관계자와 시민 2천여 명이 참석해 성황을 이루었다고 했다. 재관도 취임식장에 당연히 있었다. 장애인의 휠체어를 밀고 등장하는 조시장을 보면서 '저 양반 쇼 하나는 참 잘해'라고 혼잣말을 했던 기억이 있다.

 조시장은 취임사에서 '무한상상 시대'를 열겠다고 했다. "무한상상 좋아하네. 저거 상상만 하구 아무것도 안하겠다는 거잖아?" 누군가 재관의 뒤에서 툴툴거리고 있었다. 재관이 그 소리에 고개를 돌리자 더 이상 이어지지는 않았다. 조시장이 재관과의 술자리에서 "야 시장 이거? 내가 먹고 살자고 한거지 무슨 개뿔."이라는 이야기를 한 적이 있다. 재관은 그 툴툴거림에서 그날 조시장의 술자리 생각이 나서 피식 웃었다.

 시장 취임식 다음 날, 실·국장회의가 소집되었다. 조시장 옆 자리에 재관이 앉았다. 먼저 실장의 보고와 본청 국장들의 보고, 그리고 각 읍면동 센터장들의 보고 외에 각 사업소에 관한 보고가 이어졌다. 오전 10시에 시작한 보고는 꼬박 두 시간을 채우고 있었다. 그들은 상기되거나 경직되어 있었다. 메모를 하면서 그들의 보고를 받던 조시장은 점심시간에 이르러 회의 종료를 선언했다.

 "자 점심시간도 됐고 오늘 못 받은 보고는 차차 받읍시다. 그만 끝냅시다." 조시장이 자리에서 일어나자 실,국장들이 회의장을 빠져나갔다. 그들이 다 나가자 조시장이 재관에게 말을 걸었다.

"너 무슨 말인지 알아들었냐?"

"아뇨 모르겠던데요. 그래도 형님은 부지런히 메모도 하셨잖아요?"

"인마 메모는 무슨, 그냥 폼 잡느라고 그런거지."

"예에? 저도 메모하는 척만 했는데요. 진짜 뭔 말들을 하는지 못 알아먹겠던데요?"
"그렇지? 무슨 말인지 모르겠지?"

"네 모르겠더라구요. 졸려서 혼났어요."

"나두 그랬어. 야 커피나 한잔 가져오라 그래."

"네엡"

재관은 조시장이 데리고 들어온 6급 정무비서였다. 그는 외견상 시장실 정책보좌 업무를 담당하고 있었다. 그러나 내용적으로는 시장의 개인비서였다. 그는 조시장과 같이 출, 퇴근을 했다. 이른바 문고리인 셈이다. 문고리에게는 자연스럽게 권력도 따라 붙었다. 시청의 조직도상 그의 위에 5급 비서실장이 있으나 내용적으로는 재관이 비서실의 업무는 물론이고 시청의 실, 국장도 호출했다. 그런 그가 손사장에게 싹싹하다는 것은 결국 손사장이 조시장과 상당히 친밀한 관계를 유지하고 있다는 방증이기도 했다.

 손사장은 조시장의 고등학교 동창이라고 했다. 그런데 그는 지방선거 끝나고 그야말로 어느 날 갑자기 나타난 인물이었다. 시장의 후보시절 함께 움직이던 측근그룹 누구와도 어울림이 없었던 손사장이었다. 시장직 인수위원 누구와도 일면식이 없다고도 했다. 그런데 조시장이 취임한 이후에 시장실 출입이 가장 잦은 그였다.

 시장실은 결재를 기다리는 공무원들과 시장 면담하겠다고 밀려드는 사람이 많은 곳이다. 그래서 시장 면담은 시장 비서실을 통해서 일정을 잡는다. 시장의 면담은 주로 재관을 통해서 이루어졌다. 그래서 시,도의원들조차도 재관을 통해서 시장 면담 일정을 잡았다. 그런데 유독 손사장만은 프리패스였다. 시장직 인수위원장을 한 장회장조차도 시장실을 출입한 지 오래되었다. 선거 끝나자 장회장에게 몰려들던 사람들이 벌써 손사장에게 줄을 섰다는 소리도 들렸다.

 조시장의 선거운동을 도왔던 측근그룹은 물론이고 장회장을 비롯한 시장직 인수위원들도 손사장을 '듣보잡'이라고 한다고 했다.

그런데 조시장의 측근그룹이나 장회장 등에게는 재관 역시 '듣보잡'이었다. 재관은 시장의 대학 후배라고 했다. 공식선거운동을 며칠 앞두고 선거캠프에 조후보가 재관을 데리고 나타났다. 장회장은 재관을 후보의 일정팀에 합류시켰다. 후보의 일정은 결국 후보의 메시지로 연결되는 것이라 일정팀의 역할은 캠프의 핵심이라고 해도 과언이 아니었다. 그러나 후보 일정팀에서 재관의 역할은 없었다. 장회장이 재관을 왜 일정팀에 합류시켰는지 그의 마음을 알 수는 없다.

조후보가 데리고 온 사람이라 중히 쓰려고 했을 것이라는 추측도 가능하다. 한편으로는 이미 짜여진 판에서 그가 할 일이 없을 것이라는 예상도 했을 것이다. 못 버티면 튕겨져 나갈 것이라는 예상도 했을 것이다. 그러나 재관은 이미 짜여진 판에서 딱히 무얼 하고자 하는 열의를 보이지 않았다. 자신의 의견을 개진하지도 않았다. 그냥 무심히 출근해서 캠프 옥상만 들락거렸다. 재관은 옥상에서 담배만을 열심히 축냈다. 캠프의 사람들에게서 "저거 뭐하는 놈이랍니까?. 밥만 축내러 오는 놈 아니오?" 라는 불만이 나왔다. 그러나 장회장은 "놔두시오. 다 자기 몫이 있는 거 아니겠소." 했다. 그 때 장회장이 했던 말, "자기 몫"이라는 말은 결과적으로 맞았다. 재관은 그 때 충실히 자기 몫을 하고 있었다. 조후보가 그 때 재관을 캠프에 넣으면서 따로 지시한 것이 있었던 것이다. 그것은 바로 캠프원들을 감시하라는 것이었다. 이것을 장회장이 '재관의 자기 몫'이라고 생각했을 리는 없다.

　재관은 상대의 마음을 파악하는데 탁월한 재주가 있었다. 조시장은 재관에게 캠프의 돈과 관련된 것, 그리고 무엇보다도 장회장과 가까운 업자들과 공무원들을 파악해두라고 했었다. 재관은 그의 몫을 충실히 이행했다. 조덕주 후보는 정당의 후보로 확정된 날부터 장회장을 제거할 생각부터 했다. 장회장이 인사는 물론 인허가에도 영향력을 행사하려고 들 것이 뻔하다는 것이 그의 생각이었다. 사실 장회장은 당의 경선 후보가 되기까지만 필요한 인물이었다. 당시 조덕주 후보에게는 돈도 대고 사람도 대줄 호구 한 명이 필요했던 것이다. 그래서 그는 장회장에게 시키는대로 다 하겠노라고 했다. 그걸 장회장이 덥석 물었던 것이다.

　선거가 끝나면 그저 허울 좋은 인수위원장 자리나 주었다가 적당한 시기에 팽하면 될 일이었다. 그러려면 그의 사람들과 약점을 일찌감치 파악해야 했다. 선거기간에 슬쩍슬쩍 장회장에게 줄을 댔던 공무원들이 인사에서 물을 먹은 것은 그런 연유 때문이었다. 옥상에서 담배나 축내던 재관의 실체를 캠프의 사람들은 선거가 끝나도록 모르고 있었던 것이다.

　어차피 선거는 이긴 선거였다. 선거 판세가 그랬다. 공천만 받으면 무조건 되는 선거였다. 조후보는 유세차에도 잘 오르지 않았다. 그렇게 대충 선거운동을 해도 되는 선거였다. 되는 선거판이라 사람들이 몰려들었다. 선대본부장인 장회장은 물론이고 캠프의 어지간한 사람들에게도 전화가 수시로 걸려왔다. 선거운동원들에게 밥이라도 사겠다는 연락은 거절하기 바빴다.

 선거사무실은 선거판이라기보다 잔치판이었다. 재관은 선거운동 기간에 수시로 조후보와 술자리를 했다. 그리고 장회장의 사람들과 캠프에 관한 보고를 했다. 조후보는 그럴 때마다 재관에게 잘한다고 했고 "너는 시청에 데리고 들어간다."고 했다. 재관 역시 그러는 조후보에게 고개를 조아리며 술을 따랐다. 아니 조후보의 옆에 앉은 아가씨에게 술을 따르라는 눈짓을 했다.

 손사장이 시장집무실을 나왔다. 시장이 문을 빼끔 열고 손사장을 배웅했다. 손사장이 시장과 있는 동안 집무실 밖에는 결재를 기다리는 과장이 한 명에서 두 명으로 늘어나 있었다. 재관은 시장집무실의 열린 문틈 사이로 뚜껑조차 열지 않은 커피 캐리어를 발견했다.

 "어 커피" 커피캐리어의 커피는 그대로였다. "두 양반이 마시려고 사 온 게 아니었나?" 재관은 빠르게 시장실로 들어가서 커피캐리어를 들었다. 그리고 손사장을 불러 세웠다.

 "손사장님, 여기 커피 두고 가시는데요?" 재관의 손에 들린 커피

캐리어를 본 손사장이 난감한 표정을 짓더니 재관에게 다가왔다. 그리고 "넌 왜 눈치가 없어? 빨리 갖다놔."했다.

 마땅찮은 표정은 조시장도 마찬가지였다. 재관은 커피캐리어를 시장집무실에 놓고 나왔다. 조시장은 재관이 커피캐리어를 탁자에 놓고 나가자 그걸 자신의 책상 한 쪽에 올려놨다.
 그리고 결재를 기다리는 과장들을 들어오게 했다. 퇴근 무렵 조시장이 재관을 불렀다. 조시장은 커피캐리어에서 커피를 하나 빼서 재관에게 주었다. 커피 안에는 오만 원권 지폐가 돌돌 말린 채 빼곡하게 들어있었다. 띠지도 채 뜯지 않은 오백만원이었다.

 "넣어 둬."

 "고맙습니다. 형님"

 "그래, 야 인마 근데 넌 왜 그렇게 눈치가 없냐?"

 "죄송합니다. 형님"

 조시장과 둘이 있을 때 재관은 조시장에게 "형님"이라는 호칭을 썼다. 재관에게 조시장은 대학 선배였다. 조시장으로부터 받은 오백만원을 재킷 왼쪽 주머니 깊숙이 넣으면서 재관은 손쉬운 암산을 했다. 커피 잔 하나에 오백만원이면 여섯 개니까 삼천만원이었다.

조시장이 두 팔을 뒤로 젖히면서 그대로 푸욱 의자에 파묻혔다. 조시장이 말했다.

"야 손사장 그자식이 자기 돈 가지고 왔겠냐? 이자식이 사람들한테 삥 뜯어서 왔겠지." 조시장의 말에 재관은 씨익 웃는 것으로 호응했다. 조시장 말대로 손사장은 시장에게 잘보이려는 사람들로부터 돈을 걷었을 것이다.

"사장님 용돈 좀 드려야겠는데 한 오백씩 내지." 혹은 "야 너는 한 천 만원 가져오고 니들은.. 아니야 니들도 천 만원씩 만들어와" 했을 것이다. 여기서 사장님은 조시장을 지칭하는 것이었다. 시장이 먼저 퇴근을 하겠다고 자리에서 일어섰다. 조시장과 함께 출퇴근을 하는 재관이 그를 모시겠다고 하자 조시장은 차가 오기로 했으니 그냥 퇴근하라고 했다. 시장이 퇴근했다.

재관에게 바로 퇴근하기에는 이른 시간이었다. 재관은 담배를 피우러 시청 옥상으로 올라갔다. 옥상에서 삼사오오 담배를 피우던 공무원들이 재관에게 목례를 했다. 그 중 한 공무원이 반색을 했다. "어우 비서관님 오셨습니까?" 황팀장이었다. 그는 재관에게 바짝 인사청탁을 하는 인물이었다. 그는 담배를 몇 번 피우면서 말을 트더니 "비서관님 저 좀 잘 봐 주십시오. 저요 벌써 진급을 했어야 했는데 여러 번 물을 먹었습니다." 하고 아주 대놓고 들이댔었다.

 재관이 피식 웃으면서 그를 보는데 그의 말이 이어졌다. 제가 비서관님 빨대 노릇 확실하게 하겠습니다. 어차피 비서관님도 공무원들 내부 사정을 아셔야 하지 않습니까?" 하긴 그의 말이 맞기는 했다. 재관은 그러는 그에게 "팀장님 왜그러십니까? 제가 무슨 힘이 있다고 그러세요. 자 피우던 담배나 마저 피우시죠." 했지만 그 순간부터 그와 황팀장의 거래는 시작되고 있었다.

 서로에게 득이 되는 거래였다. 황팀장은 재관에게 차키를 달라고 하더니 골프클럽 풀세트를 실어놓기도 했다. 재관의 주머니에 호텔 숙박권을 슬쩍 넣어주기도 했다. 재관은 그런 황팀장을 통해서 공무원 내부의 사정도 파악할 수 있었다. 소문만 무성하던 전 시장의 5인방에 관한 이야기나 T고 라인, D고 라인이 어쩌니 하는 이야기까지 시간 나는 대로 들었다. 어느덧 그와는 농담도 주고받는 사이가 되었다. 재관은 황팀장과 가벼운 농담을 하다가 비서실로 내려왔다. 재관은 누구를 불러서 저녁을 먹고 주머니를 채우나 머리를 굴렸다.

 그런데 불쑥 박정일 시의원이 비서실 문을 열고 들어왔다. 박정일 시의원은 야당 시의원이었다. 재관이 시장님께서 외부 일정 때문에 안계시다고 하자 박정일 시의원은 마치 알고 있었다는 듯 고개를 끄덕이더니 두툼한 서류봉투를 재관에게 내밀었다. 서류봉투는 테이프로 밀봉되어 있었다. 그는 재관에게 "이 서류요 시장님께 검토해주십사 한다고 말씀드려주십시오." 했다. 재관이 "네 시장님께 전달해드리겠습니다." 하자 박정일 시의원은 가볍게 목례를 하고 뒤돌아섰다. 재관은 박정일 시의원이 건축업자 출신이라는 이야기를 들은 적이 있었다. 그는 이재에 밝아서 제법 재산도 모았다고 했다. 그가 돈으로 공천을 받았으며 향후 그는 아들도 시의원을 시킬 생각이라고 했다. 그의 아들은 국회의원을 수행한다니 장차 대를 이어서 시의원을 하기는 할 모양이기도 했다.

재관은 박정일 시의원이 주고 간 서류봉투의 내용이 궁금했다. 그는 그 서류를 들고 시장 집무실로 들어갔다. 그리고 그 서류봉투의 입구를 덮은 테이프를 살살 떼었다. 떼면서 테이프에 묻은 뗀자리는 그대로 붙이면 될 일 이었다. 그런데 봉투 안에 서류가 없었다. 종이 한 장 나오지 않았다. 다만 박스처럼 접은 두꺼운 종이 안에 오만원권 지폐가 백장씩 네 다발이 나란히 누워있었다. 이천만원이었다. 기막힌 발상이었다. "하 이게 서류라." 재관은 박정일 시의원의 이 신박한 아이디어에 감탄했다. 재관은 다시 서류봉투를 밀봉했다. 그리고 재관은 그 서류봉투를 시장의 책상 위에 올려놨다.

다음 날 박정일 시의원의 서류봉투를 확인한 조시장은 재관에게 퇴근 후에 그를 조용히 만나보라고 했다. 조시장이 돈 받은 값을 하려는 모양이었다. 눈치로 봐서 박정일 시의원과 조시장은 이전에도 재관 모르게 거래가 있었던 듯 했다. 재관은 박정일시의원에게 전화를 했다. 그는 재관의 전화를 반색하면서 받았다. 그는 재관을 조용한 곳으로 모시겠다고 했다. 재관은 퇴근 후 박정일 시의원이 알려준 주소를 찾아갔다. 박정일 시의원말로는 조용한 술집이라고 했는데 술집이라는 곳이 간판도 없었다. 입구에서 서성거리는데 뒤에서 박정일 시의원의 반색하는 소리가 들렸다.
"어이구 비서관님 오셨네요. 자 들어가시죠."

술집의 실내는 은은하고 적당히 고급스러웠다. 사십대 중반의 여성이 이들을 맞았다. 여인의 올린 머리 아래로 살짝 드러낸 앞가슴이 재관의 시선을 끌었다. "오늘은 손님을 받지 말라고 했습니다. 비서관님 여기는 그저 주는 대로 먹는 곳입니다. 자 편하게 앉으시죠."
우선 요기부터 하시라며 미소국과 전복죽이 나오더니 신선하고 두툼한 사시미가 이어졌다. 비서관님이 일식을 좋아하신다고 해서 특별히 호텔에서 공수해 온 음식이라고 했다. 박정일 시의원은 재관의 식성까지 파악하고 있었다. 얇은 도우 위에 올려진 참치피자와 송로버섯 크로켓이 나오더니 건강에 좋다며 아스파라거스구이를 입에 넣어주던 상큼한 아가씨의 달콤한 유혹이 이어졌다. 재관은 그곳에서 그야말로 주는 대로 먹었다. 그것이 딱 맞는 표현일 것이다. 마음먹고 접대를 한다는데 재관이 이를 마다할 이유가 없었다.

 박정일 시의원은 건축인허가 건을 부탁했다. 자신의 땅을 포함한 그 주변의 허가에 관한 것이라고 했다. "비서관님 이건 국, 과장들과는 이야기를 다 끝내놓은 겁니다. 그냥 시장님께서 버튼만 눌러주시면 됩니다. 잘 부탁합니다. 저 인사는 확실히 하는 사람입니다. 비서관님 자켓주머니에 경비 좀 넣어놨습니다. 사람도 많이 만나실텐데요."

 박정일 시의원은 프로였다. 일을 부탁하는 솜씨가 보통이 아니었다. 재관은 시장 만나러 온 사람들이 내놓는 소위 '민원'이라는 것을 안다. 대개 민원인들은 안되는 일을 가지고 시장을 찾아온다. 그러면 시장은 재관을 불러서 잘 처리해드리라고 한다. 담당 과장에게 전화 한통만 해도 그 쪽에서 '비서관님 이거 안되는 일입니다. 될 것 같으면 벌써 해드렸죠.' 대개 이런 식이다. 일이라는 것이 시장을 만나서 부탁한다고 다 되는 것은 아니라는 것을 재관은 시청 들어와서 알았다. 실무부서에서 관계법령을 들이대며 못하는 일이라고 하면 그만인 일이 다반사였다.

 그런데 박정일 시의원은 그들과는 달라도 한참 달랐다. 박정일 시의원은 미리 실무부서는 물론이고 그 부서의 책임자인 국장하고도 이야기를 끝내놨다는 것이다. 이러면 부탁을 받는 쪽에서도 부담이 없다. 그냥 국장 불러서 넌지시 물어보고 문제없으면 해주시라고 하면 될 일이었다.

 "어제 잘 만났냐?"

 "네 어휴 어찌나 술을 먹이는지 박의원 술 세던데요?"

 "술만 먹고 목욕은 안 시켜 줘? 거 박의원 안되겠는데."

 "왜 그러세요. 저 요즘 힘없어요."

 "자식 엄살 부리고 그래. 알았어 인마. 그래 무슨 얘기야?"

 "건축 인허가건이죠 뭐 국장, 과장하고는 다 이야기 끝냈다는데요. 시장님이 버튼만 눌러달라고요."

 "그래? 그럼 국장 불러서 얘기 들어봐. 문제없으면 해주라고 그래."

 "네 알겠습니다. 시장님"

"시장님? 너 이새끼 박의원한테 약먹었지?"

"에이 왜 그러십니까. 시장님을 시장님이라 부르지 못하는 그간의 제 심정을..."

"야야야 됐다 그래 나가봐."

"옛썰"

　장회장은 분을 삭이고 있었다. 조시장이 시청 과장들에게 장회장 전화는 받지도 말라는 명령을 내렸다고 시청 김팀장이 전해왔다. 김팀장은 장회장의 이른바 빨대였다. 장회장에게 용돈도 가끔씩 받아쓰는 김팀장이었다. 그는 조시장이 취임만 하면 바로 과장으로 진급하게 될 줄 알았었다.

　시장직 인수위원장인 장회장이 마음만 먹으면 그 정도의 힘이야 당연히 써줄 거라고 생각했다. 그런데 김팀장은 조시장의 첫 번째 인사에서 과장진급자 명단에 이름을 올리지 못했다. 소문에 의하면 장회장이 밀던 인물들은 인사에서 아예 배제되거나 본청근무에서도 밀려났다고 했다. 그나마 읍면동으로 밀려나지 않은 것이 다행이라면 다행이었다.

그 때 장회장은 다음 연말 인사를 보자고 했었다. 그러나 연말 인사에서도 김팀장은 진급자명단에 이름을 올리지 못했다. 그렇다고 해서 장회장이 김팀장을 챙기지 않은 것은 아니었다. 총무과에서 흘러나온 이야기에 의하면 진급자예정자 후보에 김팀장도 들어있었다고 했다. 막판에 일이 어긋난 것이다. 그건 오로지 시장 마음이다. 김팀장에게 장회장은 어렵게 잡은 줄이었다. 김팀장은 아직 장회장의 빨대 역을 충실히 수행할 수 밖에 없었다.

"아니 이 조땡이(언제부터 인가 장회장은 조시장을 사석에서 조땡이라고 했다.) 배은망덕도 유분수지 뭔 내가 이권을 요구했다고 말이나 흘리고 말이야. 이 조땡이 언제 지 돈 한 푼이라도 쓴 적 있어? 참 사람 모양빠지게 하는구만. 암튼 알려줘서 고마워요. 내가 팀장님한테 면이 안섭니다. 팀장님 언제 저녁이나 한번 합시다." 장회장은 전화를 끊고도 분을 이기지 못해서 한참을 씩씩거렸다.

조시장은 취임하자마자 태도를 바꾸었다. 장회장의 말에는 보통 "네 그렇게 하시죠." 했던 이전의 조시장이었다. 그런데 갑자기 태도를 바꾼 것이다. 인사문제만 해도 그랬다. 장회장이 조시장에게 "기획실장으로 혹시 생각해 두신 사람이 있으신지?" 묻자 조시장은 바로 정색을 했다. "아 예 기획실장이요? 저 장회장님 인사는 제가 알아서 하겠습니다. 차 식겠습니다. 드시죠." 했다. 장회장은 조시장의 갑작스런 태세전환에 당황했다.

그 때만 해도 장회장은 조시장이 다른 일 때문에 예민하게 반응하는 것으로 생각했다. 그런데 아니었다. 기획실장의 인사는 물론이고 다른 인사에서도 조시장은 장회장을 철저히 배제했다. 조시장은 장회장의 전화도 받지 않았다. 시청에 정무비서로 들어간 재관을 통해서 모든 일이 이루어진다고 했다. 그리고 고등학교 동창이라는 손사장이라는 인물이 시장실을 드나드는데 그가 시장의 스폰서라는 말이 돌았다.

장회장은 조시장이 처음 자신을 찾아왔던 날을 기억하고 있다. 장회장은 조덕주라는 사람에 대한 기억이 별로 없었다. 조덕주는 조시장의 이름이다. 지난 총선에서 국회의원 공천 신청을 했던 사람. 공천에서 밀려난 후 어느 날 사라졌다가 지방선거를 앞두고 얼마 전에 나타난 인물. 그 정도가 장회장이 조덕주에 대해 아는 것의 전부였다.

그 조덕주가 사람들이 장회장님을 꼭 찾아뵈라고 해서 찾아왔다고 했다. 그는 자기가 장회장님을 일찍 만났다면 벌써 국회의원은 되고도 남았을 거라며 장회장을 치켜세웠다. 그러면서 장회장님만 도와주시면 시장 당선은 자신이 있다고 했다. 그는 이번에 시장선거에 나가고 싶으니 도와달라고 했다. 장회장님께서 도와만 주시면 뭐든 시키는 대로 하겠다고 했다. 이번 지방선거는 공천만 받으면 당선되는 선거였다. 하지만 시장공천이 문제였다. 공천을 받으려면 우선 경선을 통과해야 했다.

 그러나 조덕주는 일찌감치 거론되는 후보들보다 약체로 평가되는 후보군 중의 한명이었다. 그가 얼마만큼의 권리당원을 확보하고 있는지도 모르는 일이었다. 그는 아파트를 한 채 얻어놨는데 그 곳에 캠프를 차려놓았다고 했다. 보아하니 그는 향우회 사람들 몇 명과 여성 몇 명과 움직이고 있는 듯 했다. 조덕주의 간절한 눈빛을 보면서 장회장의 승부욕이 발동했다. 하지만 그 때 장회장은 그의 손을 잡지 말았어야 했다.

 그런데 장회장은 조덕주의 손을 그만 잡고 말았다. 이 지역 정치판에서 장회장은 소위 선수로 통했다. 희한하게도 이번 지방선거 판에서는 그를 찾는 사람이 없었다. 각 캠프마다 일찌감치 꾼들이 각자의 안방을 차지하고 있었다. 그들은 각자의 후보들 옆에서 스크럼을 짜고 있었다. 다른 사람들이 들어갈 틈이 없었다. 특히나 장회장 같은 선수가 들어갈 공간은 더욱 없었다. 그럴 때 조덕주가 장회장을 찾아간 것이다. 장회장은 재력도 있었고 주변에 사람도 있었다. 왜 장회장이 조덕주 말고 일찌감치 다른 후보들에게 마음을 주지 않았던가에 대해서는 후일 장회장 자신도 의아해 했다. 그는 뭣에 홀렸던 것 같다고 했다.

 결과적으로 조덕주는 적당한 타이밍에 장회장을 잘 찾아갔다.

그리고 조덕주는 운도 따라서 순풍에 돛을 단 배처럼 순항을 했다. 선거 캠프는 장회장의 주도로 꾸려졌다. 후보의 선거공약은 물론이고 선거의 조직 전체를 장회장이 총괄했다. 조후보는 장회장을 절대적으로 존중했고 그런 만큼 장회장의 주머니에서 돈이 나왔다. 아무리 쉬운 선거였어도 경선승리까지 가기에는 적지 않은 돈도 필요했다.

 장회장은 아낌없이 주머니를 열었다. 조덕주는 그러는 장회장에게 거듭 감사한 마음을 표현했고 잊지 않겠다고 했다. 그러는 조덕주에게 "예 우리 잘 해봅시다." 했다. 조덕주는 운도 따랐다. 다른 경선후보의 어이없는 좌절이 조덕주에게는 행운이 되었다. 조덕주는 당의 경선을 무난하게 통과했다. 이제 본선은 문제도 되지 않았다. 정권 초기에 치러지는 선거는 무조건 집권여당의 후보에게 유리했다. 이 동네가 그랬다. 그렇게 조덕주는 또 무난하게 시장이 되었던 것이다.

 13일 간의 공식선거운동 기간이 끝났다. 싱거운 선거였다. 조덕주 후보의 완승이었다. 모두가 예상했던 결과였다. 이층 조덕주 후보의 캠프에서는 연신 환호성이 터져 나오고 있었다. 이층으로 올라가는 계단에는 당선 축하 난과 화분들이 빼곡하게 놓여져 있었다. 미처 캠프에 들어가지 못한 사람들도 왁자하게 모여들어서 이층을 바라보고 있었다. 김종희 행안실장과 안영수 총무과장은 심호흡을 한번 하고 이층 캠프로 올라가는 계단을 밟았다.

조덕주 당선인에게 당선인으로서 받게 될 예우와 향후 인수위의 운용에 관한 전례 등을 설명하러 가는 길이었다. 안영수 총무과장은 축하꽃다발을 들고 있었다. 선거캠프는 승리의 열기로 왁자했다. 장회장은 조덕주 후보와 함께 승리의 기쁨을 만끽하고 있었다. 그러는 와중에 선거사무실로 들어서는 그들을 발견했다. 장회장은 그들을 반갑게 맞았다. 장회장이 그들을 조덕주 당선인에게 소개했다. 조덕주 당선인은 환한 낯으로 그들에게 악수를 청했다.

선거가 끝나고 장회장은 시장직 인수위원장을 맡았다. 시장직 인수위원회는 시장 당선자가 시장직의 원활한 인수를 위해 구성하는 위원회이다. 인수위원회는 당선인으로 결정된 때부터 지방자치단체의 장의 임기 시작일 이후 20일의 범위에서 존속한다고 되어 있었다. 조덕주 당선인은 인수위원 명단도 장회장에게 알아서 꾸리라고 했다. 인수위의 활동 기간도 장회장이 알아서 정하라고 했다. 그러는 조당선인에게 장회장은 고개를 깊숙이 숙였다. 바야흐로 장회장의 시대가 도래하는듯했다. 그리고 조당선인은 당선이 되자마자 바로 외국여행을 떠났다.

사람들은 조당선인의 외국행에 의아해 했다. 하지만 이 또한 나름 특별한 사정이나 계획이 있어서 그랬거니 생각했다. 어떤 이들은 조당선인의 장회장에 대한 신임의 척도로까지 받아들였다. 인수위 현판식은 당선인 없이 장회장의 주도로 진행되었다. 인수위 현판식을 마치고 처음 인수위 회의를 주재하는 날 장회장의 얼굴은 자신감과 뿌듯함으로 벌겋게 상기되어 있었다.

그 때까지만 해도 재관은 인수위원뿐 아니라 인수위 자문위원 명단에도 이름을 올리지 못했다. 재관은 캠프에서 그랬던 것처럼 인수위나 시청을 어슬렁거리면서 담배만을 줄창 피워댔다. 그러는 재관을 사람들은 의식하지 않았다. 그렇게 드러나지 않게 재관은 묵묵히 자신의 몫을 하고 있었다. 그는 "장회장의 동태를 잘 감시하고 보고하라."는 조당선인의 명령을 충실히 이행하고 있던 것이다.

장회장의 주변에는 사람이 모였고 시장인수위에 정책제안서가 쌓였다. 장회장은 그렇게 만들어진 두툼한 인수위자료집을 흐뭇한 표정으로 보았다. 장회장은 이 공약과 정책제안서에 녹여낸 프로젝트를 통해서 많은 일을 하게 될 것이었다. 자신과 자신을 도왔던 사람들은 이를 통해서 앞으로 따뜻한 날을 보내게 될 것이었다. 그러나 그건 장회장의 생각일 뿐이었다.

조덕주 후보, 아니 이제는 당선인의 신분인 조덕주의 속내는 따로 있었다. 조당선인에게 공약은 그저 공약일 뿐이었다. 인수위자료집도 자료집일 뿐이었다. 조당선인에게 장회장과 인수위원들이 보고하는 자료들은 그저 형식일 뿐이었다. 그는 사람을 오직 도구로만 생각하는 그런 사람이었던 것이다. 그는 외국여행 중에 재관으로부터 장회장네의 인수위에 관한 보고를 받고 있었다. 그는 인수위 사람들이 공무원들에게 마치 점령군행세를 한다는 보고를 받으면서 피식 웃었다. 그는 여기까지가 장회장에게 주는 선물이라고 생각했다. 벌써 그의 머리속에는 자신의 주머니를 채우는 공상만 가득했기 때문이었다. 그리고 조당선인은 자신의 권력을 그 누구와도 나누어 가질 생각이 추호도 없었다.

 시장의 첫 번째 인사에서 행안실장은 유임되었다. 김종희 행안실장이 자녀 혼사를 앞에 두고 있다며 조시장에게 무릎을 꿇고 충성을 맹세 했다는 소문이 돌았다. 그래서인지는 몰라도 김종희 행안실장은 공로연수를 가지 않고 자신의 정년까지 근무를 하게 되었다고 했다.
 일반적으로 공무원들은 정년 일년을 앞두고 공로연수를 갔다. 인사권자의 뜻에 의해서 공로연수는 갈 수도, 안갈 수도 있었다. 김종희 행안실장은 후배공무원들에게 밸도 없는 사람이라는 비아냥을 들을지언정 그렇게 살아남았다. 오히려 이년이나 남은 총무과장이 사표를 던졌다고 했다. 김종희 행안실장은 빠르고도 완벽하게 조시장의 사람으로 변신했다.

 시장실을 찾는 사람들만큼 시장의 참석을 바라는 곳이 많았다.

사회단체의 행사장이나 예술단체, 봉사단체, 각 직능단체마다 행사가 있을 때면 시장의 참석을 원했다. 특히 주말에는 시장의 참석을 요청하는 곳들이 빗발쳤다. 그들은 시장의 참석여부에 따라서 자신들의 단체위상이 올라간다고 생각하는 듯 했다. 자신이 손만 한번 잡아주면 감읍해하는 공무원들과 사회단체장들을 보면서 자신의 인기를 실감했다. 조시장은 원래 자신이 시민들에게 인기가 있었다는 착각에 빠져들었다. 그럴 수밖에 없는 것이 벌써부터 일부 공무원들은 시장의 생일잔치까지 차려 주겠다고 나서고 있었다.

그런데 일은 엉뚱한데서 터졌다. 시장 집무실 밖으로 재관의 쌍소리가 생생하게 들렸다. 조시장의 쌍소리도 들리고 두 사람의 몸싸움 하는 듯한 우당탕 하는 소리도 새어 나왔다. 먼저 씩씩거리면서 재관이 시장 집무실 밖으로 나왔다.

재관은 집무실 안에 대고 "씨발 혼자 잘해먹어라. 이 개새끼야."라고 외쳤다. 그리고 집무실 안에서 "뭐 이새끼야?" 라고 외치는 조시장의 소리가 연이어서 들렸다.

시장 취임 후 일 년도 채 되지 않아서의 일이었다. 조시장의 정무비서가 대낮에 자신을 시청에 데리고 들어온 시장하고 쌍소리까지 하면서 싸운다는 것은 일대의 사건이었다. 재관은 씩씩거리면서 시장비서실 밖으로 나갔다.

 이들의 다툼에 안절부절하던 비서실장이 시장집무실로 뛰어 들어갔다. 조시장의 "저 개새끼 아주 잘라버려. 알았어?" 하는 소리가 크게 들렸다. 비서실 직원들은 이 갑작스런 상황에 어찌할 바를 몰랐다. 소문은 금세 시청 전체로 퍼져나갔다. 시청 밖의 장회장에게도 이 소문이 들려왔다.

 공무원들 사이에서 시장이 둘이라는 소리도 들었던 재관이었다. 다른 곳에서는 재관을 이르러 부시장이라고도 했다는 재관이었다. 그런 재관이 무슨 일 때문에 조시장과 쌍소리를 하면서 싸우게 되었는지는 도저히 가늠조차 되지 않았다.

 희한한 일은 그 다음에 있었다. 장회장이 들은 소문이 사실이라면 재관은 바로잘렸어야 했다. 그런데 일주일도 채 되지 않아서 재관이 시청으로 다시 출근한다는 소리가 들려왔다. 그렇다고 장회장이 재관에게 직접 전화해서 물을 처지도 아니었다. 재관은 다만 시장실이 아닌 다른 곳에서 근무를 한다고 했다. 재관이 시장에게 쌍욕을 하고도 잘리지 않은 것은 조시장이 재관에게 제대로 약점이 잡혀서 그렇다는 이야기가 설득력 있게 돌았다. 시청에서는 모두가 이 일에 관해서 쉬쉬하는 분위기라고 했다. 아마도 시장이 함구령을 내린 듯 했다.

장회장은 밝은 봄자켓을 걸쳤다. 오랫동안 발걸음을 끊었던 시장실을 방문하기로 마음먹고 자신의 사무실을 나섰다. 어쩌면 지금이 조시장과의 관계를 개선할 수 있는 적기일 수도 있었다. 자존심이 문제가 아니었다. 조시장에게 투자한 돈이나 시간을 생각하면 어떻게든 조시장에게 다가가야 했다. 시청은 장회장의 사무실에서 차로 십분 거리에 있었다. 장회장은 시청 로비를 지나 2층에 있는 시장 비서실의 문을 열었다.

데스크에 여직원들과 비서실장이 있었다. 비서실장이 장회장을 보고 일어나며 인사를 했다. 장회장은 그를 맞는 비서실장에게 악수를 청하며 "아이구 비서실장님 잘 계셨죠? 시장님 지금 계십니까?"라고 안부인사를 했다.
"예 계시기는 한데요. 지금 결재를 받으시는 중이라서요."

"아 그래요. 그럼 잠깐 기다렸다가 뵙고 가지요." 하고 자리에 앉았다. 비서실 직원이 차를 내왔다.

장회장은 비서실을 둘러보면서 차를 마셨다. "오늘은 비서실이 조용합니다. 실장님"

"예 시장님께서 웬만하면 전자결재를 하시겠다고 하셔서요. 그리고 당분간은 외부인사 미팅 일정을 잡지 말라고도 하셨고요."

"네 그렇군요."

 장회장과 비서실장의 이야기가 이어지다가 한동안 끊어졌다. 더 이상 그들은 대화를 나눌 것이 없었다.

 장회장이 "보고가 길어지는 모양입니다." 하는데 마침 시장 집무실 문이 열리면서 사십대 중반의 여성이 밖으로 나왔다. 그의 오른손에 서류철이 있는 것으로 보아 공무원인 듯 했다. 그 공무원은 사람들과 눈도 마주치지 않고 황급히 밖으로 나갔다. 장회장이 자리에 앉아서 본 그녀의 숙인 얼굴은 상기되어 있었다. 결재를 받고 나왔다고 하기에는 무언가 어색했다. 장회장이 신경 쓸 일은 아니었다. 그는 자리에서 일어나 시장 집무실로 들어서면서 인사를 했다.

 "시장님 안녕하십니까. 이거 미처 연락도 못드리고 이렇게 왔습니다."

 "어? 어서오세요. 위원장님 연락은 무슨 우리가 그럴 사이입니까?"하고 조시장이 장회장을 반겼다. 장회장은 시장실에 오기를 잘했다는 생각을 했다. 그런데 장회장을 응대하는 조시장의 얼굴이 벌겋게 상기되어 있었다. 어찌된 일인지 머리도 조금 헝클어져 있는 것도 같고, 이건 무슨 일이지? 어찌되었든 그동안 무슨 일이 있었냐는 듯 조시장은 장회장을 반기고 있었다.

비서실 직원이 차를 내왔다. "위원장님 그동안 잘 지내셨죠?" 조시장은 천연덕스럽게 장회장의 안부를 물었다.

"시장님께서 저를 버리셨는데 제가 잘 지낼 리가 있습니까?" 장회장이 뼈있는 대거리를 했다.

"에이 제가 우리 위원장님을 어떻게... 그러지 않아도 제가 위원장님을 한번 모시려고 했지요. 의논드릴 일도 있고요." 조시장이 장회장에게 너스레를 떨었다.

조시장의 이런 모습을 보면서 장회장의 서운했던 마음이 조금씩 풀리고 있었다. 이야기가 길어지는 듯하자 비서실 직원이 한과를 내왔다.

그런데 갑자기 시장집무실 밖에서 소란스럽더니 집무실 문을 박차고 한 사내가 들어왔다. 그 뒤로 비서실장이 들어왔다. 비서실장은 필사적으로 그 사내를 제지하려고 했다. 순식간에 벌어진 일이었다. 사내는 조시장에게 달려들어 주먹으로 그의 얼굴을 가격했다.

"야이 씨발놈아 너 내 마누라랑 무슨 사이야, 너 시장이라는 새끼가 부하직원하고 그럴 수 있어?" 시장 집무실은 순식간에 아수라장이 되었다. 찻잔이 바닥에 떨어지면서 파편이 튀고 의자가 뒤집어졌다. 사내는 눈이 뒤집혀져 있었다. 흥분한 사내를 비서실장과 여직원들이 제지하려고 했으나 역부족이었다.

 조시장은 사내를 피해서 밖으로 나가려고 하다가 그에게 잡혀서 바닥에 내동댕이쳐졌다. 사내가 그런 조시장을 올라탔다. 사내는 주먹으로 조시장의 얼굴을 가격했다. 밖에서 시청직원들이 들어왔다. 그들은 겨우겨우 흥분한 사내를 시장집무실 밖으로 끌고 나갔다.

 장회장은 어안이 벙벙한 채로 그 광경을 그저 바라볼 수밖에 없었다. 장회장은 정신을 못차릴 정도로 혼란스러웠다. 시장이 겨우 수습한 의자에 앉았다. 그리고 조시장은 장회장이 들으라는 것인지 뜻 모를 혼잣소리를 했다.

"내가 재관이 그 새끼를 믿은 게 잘못이지. 재관이새끼, 이새끼."

 장회장이 보기에 이 갑작스러운 상황에서 조시장의 정신이 정상은 아닌 듯했다. 장회장은 말없이 시장실을 나섰다. 입맛이 썼다.

그리고 다음 날 조시장에 대한 기사가 떴다. '시장실에서 벌어진 추악한 거래'라는 제목의 기사였다. 기사 아래에는 손사장의 커피 캐리어와 그 속에 담긴 돈뭉치, 그리고 원정일 시의원의 서류봉투 속에 들어있던 돈뭉치 사진이 첨부되어 있었다.

퐁당퐁당 시장님의 몽님신서

조덕주 시장은 다산 정약용선생을 흠모한다고 했다. 그래서 그는 다산선생의 목민심서를 머리 맡에 두고, 다산선생의 가르침을 몸소 실천하고자 매일 아침 한 구절씩 읽으면서 마음을 가다듬는다고 했다. 이는 옛날로 치면 목민관이요, 지금으로 치면 지방자치단체장인 시장으로서 아주 바람직한 자세라고 할 것이었다. 그는 다산선생에 관한 이야기를 할 때에는 사뭇 진지한 표정을 지었다. 그런데 그가 진지한 표정을 짓는 반면에 그의 이야기를 듣는 사람들은 웃음을 참지 못해서 애를 먹었다. 그의 발음이 문제였다. 어찌된 노릇인지 그가 다산선생의 목민심서를 이야기 할 때면 그 목민심서가 몽님신서로 둔갑을 했다. 재관이 "시장님 목민심서요?" 하고 물으면 "그래애 몽님신서" 할 정도니 조덕주시장의 머리 맡에는 목민심서가 아니라 몽님신서가 있는 모양이라고 한마디씩 했다. 몽님이라, 조덕주시장에게 그 꿈 속의 님은 누구일까? 그래서 그가 몸소 실천하고 있는 '몽님신서'에 관한 이야기를 하고자 한다.

덕주는 새벽부터 달려드는 여인의 뜨거운 자극에 눈을 떴다. 정팀장이었다. 지난 밤의 여운을 못 잊은 여인의 몸은 덕주의 남성을 다시 한번 자극하고 있었다. 여인의 유혹은 농밀했다.

덕주의 몸 아래로부터 파고들더니, 여인의 뜨거운 숨결이 덕주의 입 안을 헤집었다. 덕주는 여인이 거침없는 질주에 몸을 맡겼다. 여인의 은밀한 곳이 덕주의 입으로 향할 즈음 덕주의 남성은 맹렬함과 능숙함으로 여인을 지상의 끝으로 밀어 넣었다. 그리고 여인은 덕주의 품에서 몸을 부르르 떨더니 늘어졌다. 침대 시트가 흥건했다. 일을 치른 덕주도 한동안 거친 숨을 몰아쉬다가 이내 깊은 잠에 빠져들었다.

조덕주시장의 공무 국외출장에 동행할 공무원 명단에는 정혜경 팀장도 포함되어 있었다. 혜경이 이재관 비서관에게 부탁했던 결과였다. 시장의 국외 출장길에는 보통 공무원 10여명이 동행을 했다. 먼저 시청 교류협력과에서 두 세 명 정도 간다. 그들은 해외에서의 숙식과 이동, 예약, 연락 등의 업무를 담당하는데, 외에도 잡다한 심부름을 하러 간다고 보면 된다. 그리고 비서관, 국장 한 두 명, 이외에 시장이 따로 지정한 공무원 서너명이 시장의 공무 국외출장에 동행한다. 그 서너 명의 공무원 중에 혜경도 포함되어 있었다. 혜경은 다가오는 인사에서 기필코 진급을 해야겠다고 다짐하던 터였다.

그동안 이재관 비서관에게 잔잔한 선물로 환심을 사기는 했지만 그것만으로는 부족했다. 근평이 앞서는 것도 아니고 자신이 생각하기에도 자신의 업무능력 또한 탐탁지 않았다. 해서 어떻게 하든 이번 출장길에 시장의 눈에 들어야 했다. 근평이고 뭐고 결국 승진인사를 결정할 수 있는 사람은 시장이었다. 사내들 녹이는 것에는 자신이 있는 혜경이었다. 그녀는 할 수만 있다면 시장을 유혹할 마음도 있었다. 사실 재관은 덕주에게 "공무원 중에 데리고 노실만한 애 한 명 데리고 갑니다요."라고 했었다. 그 애가 혜경이었다. 덕주의 여성편력에 대해서 너무도 잘 알고 있는 재관이었다. 그래서 겸사겸사 혜경을 출장길에 포함시킨 것이다.

그런데 사실 혜경은 재관을 유혹하려고 했었던 적이 있다. 재관을 찾아와서 슬쩍슬쩍 작은 선물이라고 쥐어 주던 혜경이었다. 그녀는 반지, 혹은 사모님 드리라고 목걸이, 또 어떤 날은 초콜릿 그러다가 손편지까지 재관에게 주었다. 또 어떤 날은 재관을 시청 3층의 조그만 방으로 데리고 간 적도 있다. 그 곳을 몇 번이고 오르내렸지만 재관은 몰랐던 공간이었다. 그 곳에서 혜경은 재관에게 자신의 몸을 밀착했다. 그리고는 총무과로 옮기고 싶다고 했다. 그녀는 쭈뼛쭈뼛하는 재관의 오른손을 자신의 가슴에 가져다 대었다. 그리고 재관의 품에 안겼다. 재관은 이 여인의 저돌적인 행동에 숨조차 제대로 쉬지를 못하고 얼마간을 그대로 있었다.
　그 일이 있고 혜경은 원포인트 인사로 총무과 발령을 받았다. 6

급의 수평인사 정도는 얼마든지 재주를 부릴 수 있는 재관이었다. 다만 재관이 혜경을 취하기에는 부담스러웠다. 혜경을 상대하면서 재관은 덕주를 염두에 두었다. 덕주가 이런 혜경을 절대로 마다하지 않을 것이라는 확신이 있었기 때문이었다. 덕주는 지방선거 기간에도 선거운동원과의 염문이 있을 정도로 여자를 밝혔다. 그 염문 속의 여인은 지금 시청의 산하기관에 취직을 했다. 그래서 재관은 여자라면 환장을 하는 덕주에게 혜경을 넘기기로 했었던 것이다. 그때까지만 해도 재관은 덕주에게 아주 충실한 비서였다.

해외에서도 대개 오후 여섯시에는 일정을 마감한다. 그러면 자유시간이다. 시장은 시장대로, 공무원들은 공무원들대로 다음날 아침까지의 일정은 각자의 시간이다. 덕주와 식사를 함께하던 재관이 덕주의 의중을 슬쩍 떠봤다.

"저 시장님 정팀장 어때요?"

"좋지 그년 보니까 썩 좀 쓰겠던데. 걔 나이가 어떻게 돼?"

"마흔 다섯 쯤 될 걸요." 그 나이라면 덕주 와는 띠동갑도 훨씬 넘었다.

"그래 이따 차나 한 잔 하지 뭐, 보내 봐"
"옙"

덕주는 입이 상스러웠다. 겉으로는 인문학에 조예가 있으며, 매일 아침 다산 정약용 선생의 글귀를 읽는다고 자신을 포장했지만, 사실 덕주는 시장선거에 임하면서 측근들에게 먹고살기 위해서 시장에 출마했느니, 내가 되면 저 씨발년놈들은 다 아작을 내버린다고 떠들어댔던 위인이었다. 그런 말을 하면서 그는 자신의 말에 취해 키득키득 웃었다. 그러니 지금 재관 앞에서 그년 쌕 좀 쓰겠다는 소리를 해도 이상하지 않았다.

그렇게 해서 시장이 묵고 있는 객실을 찾았던 혜경이었다. 재관의 연락을 받은 혜경은 시장의 방을 노크했다. 민소매원피스 차림의 혜경을 덕주는 반색을 하면서 맞았다. 시청의 6급 팀장과 독대를 하는 순간이었다. 아니 단독으로 시장에게 환대를 받는 순간이었다. 시청에서 이럴 일은 없을 것이다. 다만 이곳이 외국 출장 중의 호텔방이니 가능했다. 그 때 혜경은 당돌하게도 노팬티 차림이었다. 그런데 혜경만 그런 것이 아니었다. 덕주 또한 잠옷 가운만 걸친 상태였다. 덕주는 마치 발정난 수캐의 모습처럼 벌써부터 얼굴이 발그레해 있었다.

그들은 와인 한 잔을 겨우 축이는 듯하다가 이내 격정적으로 입을 맞추었다. 덕주가 혜경을 훌쩍 안아서 침대에 던지듯이 놓았다. 그리고 바닥에 굽히고 앉아서는 허겁허겁 그녀의 몸을 훑었다. 덕주의 전화벨 소리가 몇 번이고 울려댔지만 그 소리는 호텔방을 빙빙 돌다가 그냥 사라졌다. 무슨 향수를 뿌렸는지 혜경에게서 진한 여인의 향기가 났다. 덕주는 풀꽃향기라고 생각했다. 그렇지만 풀꽃향기는 이렇게 진하지 않다. 오히려 나폴레옹이 잠자리에서 맡았다던 치즈향이 났다. 아직은 탱글탱글한 혜경의 가슴이 덕주의 입을 덮쳤다. 그 밤 덕주는 시장으로서 누구도 부럽지 않은 황홀한 밤을 누렸다.

덕주의 공무 국외출장에는 공무원들 외에도 민간인들이 10여명에서 20여명이 동행을 했다. 이들은 지역의 업자들이었다. 이들은 물론 자비로 동행을 했다. 그래서 해외에서 이동할 때는 보통 버스 한 대로 이동을 했다. 이들은 누구나 시장과의 독대를 원했다. 저녁 6시 이후에는 시장에게 술접대를 하고 싶어서 안달을 했다. 덕주 입장에서야 어차피 놀이 삼아 온 국외출장이었다. 그래서 돈 좀 쓸 인사들을 데리고 온 것이기도 했다. 시청의 웬만한 사업 건은 술자리에서 자연스럽게 이야기되었다.

그러면 그 사업들은 시청의 예산 곳곳에 스며들었다. 덕주는 이들과 저녁이면 어울렸다.

함께 마사지도 받고 술집에서 질펀하게도 놀았다. 덕주는 업자들과의 자리에 재관도 불렀다. 덕주는 술잔을 돌리면서 이 분들을 잘 기억했다가 도와줄 일 있으면 무조건 도와주라고 했다. 재관은 그런 덕주의 말에 넵넵 넙죽넙죽 대답했다. 업자들은 눈치껏 재관에게 선물이라도 사시라며 달러묶음을 슬쩍슬쩍 손에 쥐어주었다. 그렇게 밤이면 더욱 바빠지는 시장의 해외 첫날 밤을 혜경이 차지한 것은 결국 재관 덕분이었다. 덕주는 재관의 선물에 아주 흡족해 했다.

덕주는 귀국 전날에도 혜경을 자신의 방으로 불렀다. 시장을 유혹해서라도 사무관 승진을 해야겠다던 혜경의 목표가 달성되는 순간이었다. 이제 혜경은 덕주 앞에서 눈물 한 방울만 흘리면서 승진 이야기만 하면 될 것이었다. 덕주가 시장으로서의 영화를 누리는 동안 재관도 문고리권력의 달콤함을 누리고 있었다. 그 해 인사 시즌에 혜경은 그토록 바라던 5급 사무관으로 진급을 했다. 함께 외국으로 나갔던 업자들은 뻔질나게 재관에게 전화를 했다. 그리고 과장으로 진급한 혜경은 수시로 시장실을 드나들었다. 혜경의 파격적인 진급을 두고 시청 내에서는 여러 말들이 돌아다녔다. 다만 그 말들은 물 밑에서만 돌아다녔다.

박회장으로부터 연락이 왔다. 시간 되면 양평 별장에서 식사나 한번 하자는 전화였다. 재관은 덕주에게 보고를 했다.
"저 박회장이 밥 한번 먹자는데요."

"그래?"

덕주가 씨익 웃었다. 이미 알고 있다는 표정이었다.

"언제?"

"오늘 저녁에 식사 하자는데요. 한 7시 쯤 보자고요."

"그래? 그럼 가서 잘 먹구 와."

"넵, 그럼 좀 일찍 퇴근하겠습니다."

 재관은 시장실을 나섰다. 전화기 너머의 박회장 목소리는 묵직했다. 그리고 말이 간결했다. 재관은 박회장의 얼굴만 알 뿐이었다. 개인적으로 식사를 한다거나 그런 적은 없었다. 재관이 아는 것은 박회장이 전직 국회의원이라는 것, 그리고 이재에 상당히 밝은 사람이라는 것 정도였다. 어떤 사람은 그가 무서운 사람이라고도 한다는 것, 그 정도였다. 박회장이 상당한 재력의 소유자라는 것은 익히 알려진 사실이었다. 박회장은 건설관련 사업을 한다고 했다.
 막 시장에 당선된 조덕주 당선인은 재관에게 박회장과의 만남에 대한 이야기를 했었다. 박회장이 조시장에게 조언을 해주더라는 것이다. 다음 선거에서도 또 당선되는 방법을 알려주겠다더니 불쑥 절대 지역 업자 돈은 받지 말라고 했다는 것이다. 그래서 속으로 별 미친놈 미친 소리를 하네 했는데, 그 다음 이야기가 솔깃하더라는 이야기를 주저리주저리 늘어놓았다. 덕주가 자기자랑을 하다가 자기 멋에 취하는 인사인 것을 일찌감치 알고 있던 재관이었다.

재관은 그의 말에 호응만 잘해주면 되었다. 박회장이 덕주에게 앞으로 돈 쓸 일도 많을 것이니 그 돈은 자신이 넉넉하게 대 주겠다고 하더라는 것이다. 이 대목에서 덕주의 표정은 여간 흐뭇한 것이 아니었다. 재선 국회의원 출신도 자신에게 허리를 굽힌다는 그런 우월감, 성취감을 그의 표정은 설명하고 있었다. 시장선거를 준비하면서 자기 돈으로는 커피 한 잔을 사는 것도 벌벌 떨었던 덕주였다. 그런 덕주가 이렇게 싱글싱글 하는 걸 보니 제법 넉넉한 돈도 받은 모양이었다. 박회장 사이즈의 돈은 받아도 절대 탈이 안 난다는 것을 덕주는 알고 있었다. 박회장은 덕주에게 원하는 것이 있을 것이고, 덕주는 그가 원하는 것을 해주면 된다. 서로가 무리한 요구만 하지 않는다면 그들의 거래는 아주 오랫동안 안전할 것이었다.

덕주는 받아도 되는 돈과 받으면 절대 안 되는 돈을 구분할 줄 알았다. 그는 선거에서 떨어지고 난 후 야인시절에 브로커 노릇도 했다. 그 때 체득한 노하우였다. 재관이 당시에는 그런 것 까지는 몰랐다. 돈에 관한 덕주의 본능적인 판단이있었다는 것을 재관은 나중에야 알 수 있었다.

  덕주는 선심 쓰듯이 다녀오라고 했다. 덕주도 알고 재관도 알고 있었다. 박회장이 양평 별장에서 식사나 한번 하자는 것이 무슨 뜻인지를. 박회장은 재관과 저녁식사를 하면서 아마도 용돈을 줄 것이다. 다만 덕주에게 건네는 돈의 단위와 재관에게 주는 돈의 단위가 확연하게 다르겠지만.

  박회장의 양평 별장은 단촐했다. 단층으로 된 전원주택이었다. 다만 마당이 넓었다. 마당에는 잔디가 깔려있었다. 그리고 마당의 양 옆으로는 잘 자란 소나무가 있었다. 제법 값이 나갈만한 소나무들이었다. 석양 아래의 소나무가 한 폭의 그림 같았다. 거실의 통창 아래로 드문드문 잘 지어진 전원주택들이 보였다.

  주방에서 눈에 익은 사람이 요리를 하고 있었다. 전직 도의원인 홍낙용이었다. 그는 박회장 사람으로 알려진 인사였다. 홍낙용이 재관에게 먼저 인사를 했다. 재관도 그에게 아는 체를 했다. 재관은 박회장에게 꾸벅 인사를 하고 그가 권하는 자리에 앉았다. 재관은 이렇게 초대해주셔서 감사하다는 인사를 했다. 박회장은 진작 한번 식사를 해야 하는건데 이제야 보게 되었다며 불쑥 양주잔을 내밀었다. 그리고 바로 말을 놓았다.
"식전에 우선 한 잔 하자고 이비서관 술 잘 하나?"

재관은 박회장이 건넨 양주잔을 받으며 "네 조금 합니다."라고 했다. 양주 몇 잔이 돌았다. 스트레이트였다. 박회장의 술 습관이 그런 듯 했다. 그리고 저녁식사가 이어졌다. 모둠회가 식탁 가운데에 자리 잡았고 홍낙용이 끓인 매운탕도 그 옆에 놓였다. 쏘가리매운탕이라고 했다. 숭어 어란이 눈에 띄었다. 박회장이 좋아하는 반찬이라고 했다. 특이했다. 한 옆으로 양주 안주로 먹으라는 건지 치즈 몇 조각도 놓여져 있었다.

재관은 술을 권하면 권하는 대로, 밥을 권하면 권하는 대로 먹었다. 일곱 시면 저녁식사 하기에 딱 좋은 시간이었다.

재관이 박회장의 양평별장에 머문 시간은 저녁 식사시간 포함해서 한 시간 남짓 이었다. 재관은 박회장에게 꾸벅 인사를 했고, 박회장은 재관의 손을 잡으며 또 보자고 했다.

재관은 그날 오만원권 세 뭉치를 홍낙용을 통해서 받았다. 듣던 대로 박회장의 용돈 사이즈는 남달랐다. 그리고 재관이 몰고 온 자가용은 대기하고 있던 대리기사가 운전을 해줬다. 재관은 집에 도착해서 아내에게 오만원권 세 뭉치가 들은 서류봉투를 내밀었다. 서류봉투를 받아서 열어본 아내의 얼굴에 미소가 번졌다.

다음날 재관은 덕주에게 박회장을 만난 일을 보고했다. 덕주가 재관의 얼굴을 빤히 쳐다봤다. 아 돈 받은 액수? 재관은 바로 박회장에게서 받은 돈의 액수도 이야기했다. 재관은 덕주에게 오만원 권 한 뭉치를 받았다고 했다. 덕주는 대충 짐작했다는 듯이 "아마 그랬겠지. 잘 써라."라고 말했다.

"넵 큰 돈입니다. 고맙습니다."

"인마 내가 줬냐?"

"네. 시장님이 주신 거죠."

덕주가 씨익 웃으면서 말했다. "자식이 이제 아부도 하네. 알았어 가봐."

재관은 안다. 자신이 받은 돈의 액수보다 열 배 스무 배 이상의 돈이 덕주에게 전달되었다는 것을. 홍낙용이 돈 받기를 주저하는 재관에게 그는 "어허 이비서관님 받으셔, 당신네 오야지는 쇼핑백으로 받아가" 했었다. 그러니 재관은 덕주에게 건너간 돈의 액수를 가늠할 수 있었던 것이다.

담배친구인 송과장이 재관에게 시간을 한번 내달라는 부탁을 했다. 부탁의 요지는 간단했다. 주택과 이팀장을 만나달라는 것. 재관은 흔쾌히 "그러지 뭐."라고 했다.

 재관은 송과장이 이야기하는 주택과의 이팀장을 몰랐다. 시장 따라서 시청에 들어온 어공이 오륙백명이나 되는 팀장들을 일일이 기억할 수는 없었다. 그저 팀장 한명이 자신과 저녁 한번 먹자는데 굳이 마다할 필요도 없었다. 재관도 알고 있었다. 인사철이 다가오면서 승진에 목을 맨 팀장급들이 썩은 동앗줄이라도 잡으려고 노력들을 한다는 것을. 그저 만나서 적당히 말을 들어주는 척 하면 될 일이었다. 그리고 헤어지면 양복 안주머니에 백만원을 담은 봉투가 넣어져 있을 것이다. 그들의 기본 인사방식이 그랬다.

 그러다가 정작 승진확신이 서면 오만원권 네 묶음이 담겨진 서류봉투를 전달할 것이다. 그렇게 인사철이 되면 승진에 목을 메는 공무원들은 여기저기 줄을 대느라고 분주했다. 누구를 통하면 된다더라. 얼마는 가져다 주어야 된다더라. 심지어는 직급에 따라서 금액까지도 돌아다녔다. 그들이 그러는 것을 이해 못할 바도 아니다.

 우선 9급부터 6급까지는 오백 명에서 육백 명씩 쭈욱 올라온다. 문제는 5급 사무관부터다. 6급 오륙백명 중에 5급 사무관으로 승진하는 사람들은 그 중에 백여 명 뿐이다. 그리고 또 그들 중에서 승진해야 할 4급 서기관자리는 이십 여 자리 뿐이었다. 그 들 중에서 이십 여명만 본청의 국장이나 읍장, 동장 그리고 출장소장 등을 할 수 있는 것이었다. 그러니 그들은 목을 맬 수밖에 없었다.

그런데 승진이라는 것이 한꺼번에 이루어지는 것이 아니라서 더 문제였다. 정기 인사 외에도 시장은 수시로 인사를 할 수 있지만 승진을 시키려면 앞선 자들이 퇴직을 해야 하는데 그것이 한 번에 되는 것이 아닌 이상 한 번에 승진과 관련된 인사는 5급이 대여섯 자리 4급이 한 두 자리였다. 그것도 직군별로 인원 정수가 있어서 5급 사무관으로 승진만 해도 그들은 성공했다고 생각했다. 그래서 5급 승진을 한 공무원들이 목에 깁스를 하는 것이다. 공무원들은 상위 직급자들이 근평을 한다. 그것들이 쌓여서 진급에 반영을 한다.

그런데 인사철이면 승진대상자를 몇 배수씩 추려서 시장에게 보고한다. 그러면 이제는 그 중에서 근평 순서와 관계없이 시장이 승진자를 지정한다. 결국 아무리 근평이 좋아도 승진은 시장 마음이라는 것이다. 원래는 근평에 따라서 승진심사를 하는 것이 가장 좋다. 다만 그 중에서 정말 어쩌다 한 두명 끼워 넣는 것 정도는 시장의 권한으로 인정해 왔던 것이 인사의 관례였다. 그래야 시청 공무원 조직의 안정을 꾀할 수 있다. 그런데 그 관례는 어느 날 무시되었다. 오로지 시장을 둘러싼 인사들의 잔치가 되어버렸다. 그러니 인사철이면 시장에게 인사와 관련된 민원이 밀려들어 왔다.

 순진한 공무원들은 인사가 근평대로 되는 것으로 안다. 천만의 말씀이다. 결국 돈이다. 5급이냐 4급이냐에 따라서 금액만 다를 뿐이다. 지금처럼 시장이 돈을 직접 받는 스타일이라면, 전임 시장은 선물을 받았다고 했다. 주는 공무원들 입장에서는 차라리 현찰이 편했다. 고가의 선물을 고르는 것도 일이었으니까. 그래서 그들은 무조건 명품백과 골프클럽, 그리고 금두꺼비를 샀다고 했다.

 진급의 앞 순위에 들고 시장의 낙점을 받지 못한 공무원들 사이에는 가방모찌 직렬이라는 우스갯소리가 돌았다. 가방모찌 직렬은 시장 부인들의 가방수발을 잘 해서 진급되었다는 사람들에 관한 비아냥이었다. 특히 5급 사무관도 아닌 4급 서기관으로 승진한 사람들의 면면이 그랬다. 한 사람은 먼저 시장의 이쁨을 받았던 사람이었다. 그리고 또 한 사람은 전 시장의 부인에 이어서, 현재의 시장부인 수발도 기막히게 잘 하는 사람이다. 시청에서 알만한 사람들은 다 아는 이야기였다.
 인사에 관한한 모든 촉이 동원되는 공무원사회에서 비밀은 없었다. 사람들은 이 인사를 가리켜서 가방모찌 인사라고 했다. 혹은 지난 시장과 현 시장의 공동정부 인사라고도 했다. 전 현 시장의 밀착에는 그럴만한 그들의 이해관계가 있을 것이라고도 했다.

한사람은 시장으로, 그리고 한 사람은 국회의원으로, 그렇게 정리가 되었다는 이야기가 확정적인 것처럼 돌았다.

비서실로 정장을 한 사내가 들어섰다. 처음 보는 얼굴 같기도 하고, 어디서 본 듯한 얼굴 같기도 했다. 건설과의 이팀장이라고 하며 인사를 꾸벅했다. 재관은 "아예 그러세요. 앉으세요. 그런데 무슨?"

"아닙니다. 그냥 제가 비서관님을 한번 뵙고 싶어서 이렇게 찾아왔습니다."

"저를요? 아니 제가 뭐라고요. 뭐 특별한 용무라도 아님 어려운 일이 있으셔서 찾아오셨는지?"

"아닙니다. 제게도 한번 기회를 주십시오. 저는 아는 사람도 없습니다."

"엥? 에이 제가 무슨 힘이 있다고요."

재관은 왜 이 친구가 찾아왔는지 안다. 나름 인사청탁을 하러 온 것이다. 식사라도 한번 하자고 이야기하는 것이다. 그러면서 본격적으로 승진에 관한 이야기를 하고 싶은 것이다. 이 친구 눈에는 아마도 자신이 힘 꽤나 쓰는 사람으로 보였을 수 있다. 그런데 이 친구처럼 불쑥 찾아와서, 대뜸 뭐 뵙고 싶었네. 하는 경우는 처음이었다.

 재관이 보기에 이 친구는 둘 중 하나였다. 표현이 좀 그렇지만 약간 똘끼가 있는 인사이거나, 아니면 승진에서 계속 좌절되다 보니까 지푸라기라도 잡는다고 온 경우, 둘 중 하나라고 생각했다. 그런 생각에까지 이르자재관은 '어서 이 친구를 보내야겠다.'라는 생각밖에 떠오르지 않았다. 재관은 가급적 정중히 그에게 아메리카노 한잔을 대접했다. 그리고 연락드리겠다고 예의를 갖춰서 이야기했다.

 그런데 이들이 인사 청탁을 하러 오는 복장은 한결같았다. 정장이었다. 평시에는 편하게 입고 근무를 하던 사람들이 인사와 관련되어서는 이렇게 정장을 하고 나타난다. 재관은 이들만의 정서라고 할까, 아니면 이들만의 승진을 향한 의식이라고 할까, 아무튼 재밌어. 라는 생각을 했다.

 덕주의 또 다른 측근이라고 알려진 영찬은 4급 1명과 5급 2명의 인사청탁을 했다. 그는 시의회의 부의장인데 시의회의 일보다는 인사청탁에 목숨을 걸었다. 덕주는 영찬의 부탁 중 반은 들어줬다. 그러니까 진급철마다 적어도 한명씩은 영찬에 의해서 진급을 했다. 그래서 사람들은 영찬을 시의회 부의장이 아니라 부시장이라고 했다. 인사에 영향력을 행사하는 사람에게 돈이 몰리고 이권이 몰렸다. 각종 사업의 인,허가권을 쥐고 있는 시청의 과장, 국장의 인사에 영향력을 행사한다는 것은 결국 돈과 이권으로 연결되었다.

 진급청탁을 들어주는 대가로 받는 돈의 액수보다 사업허가로, 사업혜택으로 받는 이익이 그에게는 훨씬 많았다. 영찬이 자녀들을 미국으로 유학을 보냈다는 소문이 돌 즈음에는 경찰서 정보과 형사들이 비리혐의로 영찬을 내사한다는 소문도 돌았다.

 덕주에게는 진급과 관련해서 보다 직접적이고도 적극적인 청탁이 들어왔다. 그 중에 진급인사의 반은 박회장의 청탁이었다. 덕주에게는 그런 만큼 다양한 형태로 박회장으로부터 돈이 전달되었다. 덕주가 이른바 국외출장을 나갈 때에는 달러로 전달되었다. 수시로 양평의 별장에서도 전달되었다. 그러면 박회장은 자신이 실질적으로 승진시킨 공무원들을 통해서 각종 인허가권을 행사했다. 개발, 허가 등의 영향력으로 박회장은 고액의 사업을 수주하였으니 박회장으로서는 더할 나위 없이 남는 장사였다.
 "그 씨벌놈은 전화기는 뽈로 가지고 다니는갑네. 허벌나게 전화를 해댈 땐 언제고 이젠 씹어? 예끼 좆겉은 시키."
 "아따 형님도 그럴 걸 몰랐는갑소. 형님이 참말로 순진한 양반이오. 조시장이 전화기가 몇 대 된답디다. 선거 때야 형님이 필요했지. 지금이야 뭣이 필요하다고 전화를 받는다요."

"씨벌놈 그러니까 별명이 퐁당퐁당이지. 그래서 한번 붙으면 그 다음은 떨어지는 것이여. 설마설마 한 내가 빙신이여 빙신."

향우회 김회장은 덕주가 자신의 전화를 받지도 않는다고 이렇게 씩씩거렸다. 그렇다고 시장실로 달려가서 종주먹을 들이댈 수도 없는 노릇이었다. 생각하면 생각할수록 덕주가 괘씸했다.

시장선거를 준비하면서 덕주가 김회장을 찾아왔었다. 덕주는 김회장의 손을 꼭 잡았다. 그리고 가뜩이나 작은 몸을 한껏 낮췄다. 김회장을 보는 그의 눈은 진실함 그 자체였다. 앞으로 형님으로 잘 모시겠다고도 했다. 회장님만 도와주시면 완승할 것 같다고도 했다. 그 때 김회장은 슬쩍 "시장님 되시믄 진급 못한 우리 고향 애기들 몇 명 진급 좀 시켜 주시겄소?" 했었다.

덕주는 당연하다는 듯 대답을 했었다. "아이고 형님께서 말씀하시는데 당연히 진급시켜줘야지요. 그래서 저를 시장 만들어 주셔야 됩니다."그랬던 조시장이, 덕주가 전화조차 받지 않는 것에 김회장은 심한 배신감을 느끼고 있었다.

김회장은 지난 지방선거를 떠올렸다. 김회장은 향우회장으로서 지역의 정치권에서는 대접이라면 대접을 받는 사람이었다. 향우회장이라는 상징성과 선거 때 마다 정치인을 경험해 온 그의 선거 노하우는 지역에서는 나름 인정을 받고 있기도 했다. 선거에서 김회장은 아주 나서서 선거운동을 했다. 그리고 덕주가 지지선언이 필요하다고 해서 고향사람들을 데리고 지지선언이라는 것도 해줬다. 그리고 김회장은 조덕주의 시장 당선과 동시에 내쳐졌다. 그동안 지역에서 쌓은 나름의 명성이 한순간에 물거품이 되는 순간이었다. 가뜩이나 고향후배들에게 욕도 먹었던 그였다. 생각만 해도 분할 노릇이었다.

봄이 되면서 지방선거의 열기가 본격적으로 달아오르기 시작했다. 지방선거에서는 도지사(광역시장), 교육감, 시장(군수), 도의원, 시의원 그리고 도의회 비례대표의원, 시의회 비례대표의원을 선출한다. 일반인들은 어떤 선거를 해야 하는지 잘 모른다. 그리고 별 관심도 없다. 지역에서 체육회니 자유총연맹이니 예총이니 문화원이니 주민자치위원회니 하는 그런 사회단체의 임원 정도나 관심을 가진다고 보면 정확할 것이다.
 물론 정당의 당원들이야 정치의 고관여층이어서 관심이 있을 것이다. 아니면 동네의 이장, 통장이라도 하는 사람들에게는 그나마 관심거리일 것이다.

그렇지 않은 사람들에게 지방선거라는 것은 특별한 의미도 없고 관심도 없었다. 다만 신문, 방송에서 지방선거의 열기를 부추기는 까닭에 특히 신문, 방송은 서울시장과 경기도지사의 선거에 관심이 많다. 서울시장이나 도지사의 경우 출마하려는 사람들은 대중적인 인지도가 있었다. 그 인지도를 바탕으로 그들은 사람들의 관심을 모았다. 물론 광주시장, 전남도지사, 대구시장, 경북도지사, 부산시장등 광역 단체장들에 대한 하마평이 오르지만 서울시장과 경기도지사만큼의 주목도는 없었다. 서울시장과 경기도지사는 향후 대권후보로 세인의 입에 오를 내릴 정도로 중요하기 때문에 특히 언론의 관심은 그곳에 쏠려 있었다.

  그럼에도 막상 지역에서는 시장의 당선 여부가 사람들에게는 가장 중요한 관심사였다. 자신들의 삶과 가장 밀접하면서 가장 자신들에게 영향력을 행사할 수 있는 자리가 시장이기 때문이었다. 이번 지방선거에서 시장당선이 유력한 후보는 조덕주 후보였다.

  그의 별명은 퐁당퐁당이었다. 누가 붙여준 별명인지는 모르겠다. 그는 여러 번의 선거에 출마했다. 한번 되면 한번은 떨어지고, 또 한번 되면 그 다음에는 여지없이 떨어졌다. 그래서 붙여진 별명이라고 했다. 이번에는 당선이 되었으니 퐁당퐁당 시장님이라는 별명이 나름 근거가 있는 듯 했다. 그는 지난 총선에서 무명의 상대에게 일격을 당했던 아픔이 있다. 골프하고 선거는 머리를 쳐드는 순간 진다는 그 선거판의 진리를 잠시 망각한 선거였었다.

그에게 패배의 아픔은 쓰리고도 쓰렸다. 선거에서 진 사람은 사람 취급도 못 받는다고 했다. 전임 시장이든 전임 국회의원이든 일단 떨어지면 어디 가서 제대로 소개도 못 받는 수모를 견뎌야 했다. 옆에서 입안의 혀처럼 굴던 사람들이 떠나는 것도 감수해야 했다. 선거에서 떨어지면 떨어진 이유가 백가지도 넘었다. 즉 후보의 백가지도 넘는 잘못 때문에 선거에서 졌다는 말도 감당해야 했다. 선거 빚이라도 없으면 그나마 다행이었다. 그럼에도 그는 꿋꿋하게 버텨냈다. 그리고 이번에 그에게 기회가 찾아왔다. 대통령이 당선되고 허니문 기간에 여당후보로 나선다는 것은 미리 당선증을 받아놓은 것이나 다름없었다. 이번 선거는 처음부터 그에게 기울어진 선거였다. 원래 선거라는 것이 바람인데 그 바람이 덕주에게는 그야말로 훈풍이었다.

지역 언론에서 발표되는 여론조사는 진작부터 그에게 유리하게 발표되고 있었다. 더구나 상대 후보는 늦게까지 경선을 치르느라고 전열도 정비하지 못하고 있었다. 그의 선거사무실에 사람들이 몰려드는 것은 당연했다. 사람도 몰려오고 돈도 몰려왔다. 공식적으로는 후원계좌로 접수를 받았다. 그는 비공식적으로도 받았다. 그는 조그만 수첩에 받은 돈을 적었다. 그가 수첩에 깨알같이 적는 것을 본 사람들은 그 금액 또한 상당하리라 추측했다. 슬쩍 물어보면 그는 영업비밀이라며 입을 다물었다.

홍낙용으로부터 전화가 왔다. 재관은 박회장의 양평별장을 떠올리며 반색을 했다. 어찌된 일인지 낙용은 씩씩거리고 있었다. 소리만으로도 핸드폰 너머의 벌겋게 달아오른 얼굴이 보이는 듯했다. 또 한 번의 양평별장 초대를 기대했던 재관이었다. 그런데 아닌 모양이었다. 시청에서의 업무진행에 뭔가 단단히 차질이 생긴 모양이었다.

"이비서관 거 건설과 이건태 팀장이라고 알아요?"

"아뇨. 저야 팀장들까지는 다 모르죠. 근데 왜요?"

"거 건설과 이건태 팀장이라는 놈 거 아주 막무가내야."

"뭔 일인지는 모르지만 뭐 일일이 팀장을 상대하세요. 그냥 과장이나 국장을 만나시면 되지요. 우리 홍의원님 사이즈가 그건 아니잖습니까?"
"하 참 그건 그렇지만 이자식이 과장 말도 안 듣고, 국장 말도 영 안 통하니 이런 꼴통이 없단 말입니다."

재관은 홍낙용을 칭할 때 의원님이라고 했다. 홍낙용은 전직 도의원이었다. 도의원 뿐 아니라 시의원을 한 번 했어도 이 바닥에서는 의원님이라고 칭했다. 재관의 말에 낙용이 말을 이었다.

"했어요. 과장한테도 하고 안되서 국장한테도 했는데. 아, 이자식이 말을 안 들어요. 고집도 이런 고집이 없어요."

재관은 얼마 전 자신을 찾아왔던 건설과 이건태 팀장을 기억해 냈다. 불쑥 찾아와서 자신에게도 기회를 달라고 하던 그 공무원이었다. 재관은 낙용의 이야기를 들으면서 속으로 정리를 해나갔다. 일단 그를 만나기 전에 건설과 과장을 불러서 이야기를 들어보고 개입여부를 판단하기로 했다. 인허가와 관련해서 담당 팀장이 그렇게 완강하다는 건 홍낙용측, 그러니까 박회장측에서 인허가와 관련해서 상당히 무리한 요구를 하고 있을 것이라는 판단도 들었다.

"무슨 말씀인지 알겠어요, 제 톡으로 관련 자료 있으면 좀 보내주세요. 그나저나 요즘 좀 적적했습니다 의원님."

"아이구 제가 우리 비서관님을 잘 모셔야 되는데, 일간 양평에서 뵙게 될 거예요. 그럼 부탁 드리겠습니다. 그리고 사업계획서랑 허가개요를 간단하게 톡으로 보내드릴게요."

낙용과 통화를 마친 재관은 건설과장을 비서실로 호출했다. 건설과장이 득달같이 달려왔다. 건설과장은 홍낙용의 민원 건을 묻자 난감한 표정을 지었다.

"비서관님 사실 쉽지 않은 민원입니다."

"도저히 안되는 겁니까?"

"아니 그건 아니고요. 이게 판단의 차이이기는 합니다만."

"아니 그건 또 무슨 말입니까? 되면 되고 안되면 안되는 거지."
"네, 그게 현황측량 도로를 좀 만져서 도로 폭을 키우고, 또 출입 차량의 회전을 고려하지 않으면 되는데"

"나야 건설 관련해서는 문외한이니까요. 그러니까 그렇게 하면 되는데 팀장이 말을 안듣는다는 거군요."

"네, 그렇습니다. 저 뿐만 아니고 국장님도 말씀을 하셨는데, 이 친구가 절대 안된다는 겁니다. 이런 상황입니다. 비서관님"

"네, 알겠어요. 가보세요."

건설과장을 보내고 재관은 건물 옥상으로 올라갔다. 생각을 가다듬는 데에는 담배만한 것이 없었다. 마침 재관의 담배친구인 송과장이 먼저 와서 다른 공무원들과 담배를 피우고 있었다. 재관을 본 공무원들이 슬금슬금 옥상의 다른 한 켠으로 옮겨갔다. 송과장이 재관에게 농을 건넨다.

"아니 비서관님이 열심히 일을 하셔야지 이렇게 한가하게 담배나 피우러 다니시면 되겠습니까?"

"아이구 누가 할 소리를, 우리 송과장님 요즘 편하신가봐. 아주 저기 한적한 동네로 보내드릴까?"

"잘 나가다 또 왜 그러셔. 자 담배."

"그렇지 흐흐 불."

"여깄습니다요."

"송과장님 건설과 이건태 팀장 알아요?"

"알죠.그 친구 고집이 좀 세서 그렇지 실력은 있는 친굽니다. 근데 왜요?"

"흐흐 그놈의 고집이 문제군, 아뇨 그냥."

재관은 비서실로 내려오자마자 덕주로부터 호출을 받았다. 덕주는 재관이 시장실에 들어서자마자 "야 건설과 이건태 팀장이라는 새끼, 그렇게 말을 안 듣는다고 하니까 네가 한번 만나봐, 박회장이 전화 와서 아주 지랄을 하네." 했다.

"아니 홍낙용이 전화왔었는데 왜 박회장까지 나서서 시장님께 전화를 한대요?"

"그러게 말이다. 아주 쌩 지랄을 하더라. 그러더니 꼭 부탁한다고 하니까.야,네가 어떻게 좀 해봐. 이새끼가 과장 국장 말도 안 듣는다고 하더라고. 내가 불러서 조질 수는 없잖냐."

재관은 덕주에게 "넵 하명대로 하겠습니다욧."하고 시장실을 나섰다. 재관은 건설과 이건태 팀장의 모습을 떠올렸다. 지금 생각해보면 정장을 한 그의 모습에서 예의를 갖춘 것이라기보다는 어떤 비장함 같은 것이었던 것 같다. 불쑥 찾아온 것부터 그가 재관에게 했던 말들이며 뭔지 억울하고 간절한 표정이 그랬다.

그 때는 무심코 지나간 장면이었다. 그날 이후로 재관은 그와 밥을 한번 먹기로 했지만 그건 그냥 말 뿐이었다. 덕주의 지시도 있었으니 재관은 우선 그를 만나야 했다. 재관은 그를 만나기 전에 그의 인사기록을 가져오라고 해서 살펴봤다. 이건태 팀장의 6급 진급은 상당히 빨랐다. 그는 6급 팀장으로 진급한 지 거의 이십년이 되었다. 그동안 그는 건축직임에도 참 많이도 돌아다녔다. 본청 건설과로는 작년에 들어왔다. 그 전에는 주로 읍면동을 돌아다녔다.

재관은 이건태 팀장을 한정식집으로 불렀다. 재관이 한정식집에 도착하고 바로 이건태 팀장이 도착했다. 이건태 팀장은 재관에게 아주 정중히 고개를 숙였다. 그리고 불러주셔서 감사하다고 했다. 자리가 영 서먹한 재관은 뭐라도 분위기를 풀어줄 말을 찾았지만 마땅한 말이 생각나지 않았다. 서로가 어색하게 식사만 했다. 이건태 팀장은 재관이 따라주는 술도 목만 축일 뿐이었다. 영 재미라고는 없는 사람이었다. 식사를 대강 마친 재관은 이건태 팀장에게 박회장의 허가 건에 대해서 질문을 했다. 이건태 팀장이 바로 대답했다.

"아 그거요. 그거 안되는 거를 왜 그렇게 억지를 쓰는지 모르겠습니다. 그 도면을 그린 토목사무실하고, 건축사무소에서 더 잘 알겁니다. 그거 안됩니다."

"그래요? 근데 나는 잘 몰라서 그러는데 왜 그런지 설명을 좀 해주실 수 있으세요?"

재관이 생각하기에 이런 친구는 다른 공무원들에게 하는 것처럼 윽박지른다고 말을 들을 친구가 아니었다. 그런데 이건태 팀장의 입에서는 예상 밖의 이야기가 나왔다.

"비서관님, 제가요 사실은 그거 허가내주려고 국토부에 질의회신까지 하고요. 제가 직접 도면을 그려보면서 방법을 찾아보기까지 했습니다. 그런데 안되는 거예요. 거기 산지 전용허가 받은 건데요. 경사가 급해서요. 그것도 무리해서 받은 거죠. 그냥 단지 조성해서 적당한 창고나 허가내주면 그래도 위험하지는 않을 겁니다. 그런데 이건 대형 물류창고입니다. 진입로부터 적당하지 않고요. 또 대형차량의 회전반경을 생각하면 이건 안되는 거예요. 무조건 대형차량들이 드나들텐데요. 이거요. 완공되면요. 백프로 사고납니다. 사고도 아주 큰 사고요. 이거 허가 내주면 진급은 아니더라도 주머니라도 넉넉해질 건데 제가 왜 막무가내로 안해주겠습니까? 뭐 박회장님 돈은 받아도 안전하다고들 하던데요."

반전이었다. 그가 꽉 막힌 그런 공무원일 것이라는 재관의 이팀장에 대한 막연한 선입견은 틀렸다. 그는 막힌 사람도 아니었다. 공무원 짬밥만큼이나 시청의 돌아가는 상황도 아주 잘 알고 있었다. 그리고 그의 말을 다 알아들을 수는 없으나 그의 말을 종합해 볼 때 도저히 허가를 내줄 수 없는 그런 상황은 맞는 것 같았다. 그런데도 과장이나 국장은, 아마 그들도 알고 있을 것이다. 그래서 그들은 이팀장의 핑계를 대고 있었던 것이다. 물론 그들은 박회장에게 용돈 꽤나 받아쓰거나, 박회장덕에 승진을 한 사람들일 것이었다.

 이팀장과 헤어진 재관은 덕주에게 우선 전화로 상황보고를 했다. 재관의 보고를 받는 덕주의 음성에 짜증이 묻어났다.

 "아니 그자식은 팀장 주제에 왜 그렇게 건방을 떨어. 까라면 까지 말이야. 그럼 과장이나 국장이 지보다 못하다는 거야 지금? 야, 내일 아침 건설국장 출근하자마자 내 방으로 오라고해"

 "넵 그럼 쉬십시오."

 다음날 덕주는 원포인트 인사를 했다. 원포인트 인사는 특별한 상황에서나 하는 것인데 그는 수시로 원포인트 인사를 했다. 이번의 경우에도 그랬다. 건설과 이팀장은 자신의 직렬과 전혀 관련도 없는 수도과로 발령이 났다. 그리고 건설국장이 지정하는 공무원을 이팀장의 자리로 배치했다. 그러자 박회장의 인허가 민원은 일사천리로 진행이 되었다. 박회장의 돈이 이번에도 쇼핑백에 담아져서 덕주에게 전달되었다.
 덕주가 재관을 시장실로 호출했다. 한가롭게 민원인과 잡담을 하던 재관이 시장실에 들어서자 덕주가 "야 거 향우회 김회장 너 연락하냐?"했다.

"아뇨. 안하는데요."

"너는 인마 가끔 눈치껏 연락도 하구 그러지. 그렇게 사람 관리를 안하냐? 인마 너 비서잖아 그럼 내가 못하는 걸 해야할 거 아냐."

덕주가 향우회 김회장 관리를 안했다고 대뜸 야단을 쳤다. 재관은 황당했다. 언제는 전화를 한다고 받지도 않고, 없다고 하라고 하더니 이건 무슨 시추에이션이지? 덕주가 이어서 지시를 했다.

"너 적당한 선물 준비해서 김회장 한번 만나, 그리고 내가 그동안 시정에 답답한 일이 많아서 격조했다고 하고, 그리고 동원여객 감사자리 추천한다고 해. 그럼 거기서 한 오백씩 받잖아. 영감 입이 찢어지겠지. 어쩌겠냐. 선거할라면."

시에서는 매년 버스회사에 몇 십억의 보조금을 지원한다. 그런 연유로 시에서 회사의 비상근 감사 자리를 추천하는 관례가 생겼다. 월급은 제법 되는데 매일 출근은 하지 않아도 되는 그야말로 꿀직장이다. 시장은 2년에 한 명씩 추천을 했다. 지금 시장은 그 감사자리에 김회장을 추천하겠다는 것이다. 다만 그 자리는 오래 할 수 있는 자리는 아니었다.

작년에 총선이 있었으니까 벌써 내년 6월이면 지방선거다. 올

여름이 지나면 각 당의 예비후보들은 각자 캠프를 열고 시장준비를 하게 될 것이었다. 덕주가 아무래도 현직 시장이라 공천을 받는 것은 유리할 것이었다. 그러나 선거는 바람이다. 지난 자신의 선거도 바람으로 되었다는 것을 잘 알고 있는 덕주였다. 다만 한번 떨어졌던 기억 때문에 한 표라도 더 받으려고 노력했던 것도 사실이었다. 그런데 이번에는 어떤 바람이 불어올지 아직은 모른다. 덕주의 짧지 않은 정치경험으로 볼 때 다가올 지방선거는 쉽지 않을 선거가 될 것이었다. 그래서 덕주가 제일 싫어하는 단어가 퐁당퐁당이었다.

이제 덕주는 다시 한번 겸손한 후보로 돌아갈 준비를 하고 있다. 그 첫 번째가 향우회 김회장이었다. 그 정도면 후하게 대접해주는 것이니 김회장도 만족할 것이었다.

이럴 때면 덕주는 혜경이 생각났다. 혜경의 탱글탱글한 앞가슴은 아무리 만져도 질리지 않았다.

"야 정과장 오라그래.
"저 시장님 한 시간 후에 행사 나가셔야 되는데요."
"알아 인마, 잔말 말고 오라 그래."

덕주의 호출을 받은 혜경이 달려왔다. 그녀는 재관의 눈짓으로 시장실로 들어갔다. 그녀가 들어간 이상 그녀가 나올 때 까지는 아무도 시장실에 들어가면 안된다. 전화연결도 하면 안된다는 것이 비서실의 불문율이었다. 그렇게 퐁당퐁당 시장실이 하루는 흘러가고 있었다.

그리고 퇴근 무렵 재관은 한통의 전화를 받았다. 핸드폰 너머의 남자는 건설과에서 수도과로 옮긴 이건태 팀장이라고 했다. 그는 재관에게 저녁식사대접을 하고 싶다고 했다. 박회장의 건설허가 건으로 시장에게 밉보여서 수도과로 전출된 그 이팀장이 재관에게 저녁식사대접을 하고 싶다고?

재관은 뜻밖의 전화에 일순 당황했지만 모처럼 크게 웃었다. '이건 뭐지? 근데 암튼 재밌어 이사람.'

"네 봅시다. 오늘 시간 되시면 아주 오늘 봅시다. 오늘은 차 가져오지 마시고 한 잔 마셔봅시다 컬컬컬."이라고 재관은 흔쾌히 대답했다. 그리고 재관은 서둘러서 시장 비서실을 나섰다.

이
반
장

이반장으로부터 전화가 왔다. 집에 다녀온다고 며칠 현장을 비운 이반장으로부터의 연락이었다. 특별한 볼일이 없으면 아예 전화를 하지 않던 양반이라 "이 양반이 전화를 다하고 무슨 일이지?" 나는 고개를 갸웃하며 전화를 받았다. 그런데 전화기 너머의 소리는 이반장이 아닌 그의 아들 창현의 목소리였다. "사장님 저 창현이요. 아침부터 전화드려서 죄송해요."창현은 자신의 아버지가 이른 새벽에남부터미널의 계단에 쓰러져 있었다고 했다. 사람들에게 발견될 당시에는 이미 숨이 멈춘 상태였고, 바로 강남 성모병원으로 옮겨졌다고 했다. 지금은 경찰서에서 사인을 조사중이라는 말을 전하는 창현의 목소리는 차분했다. 자신의 이야기를 듣고 충격에 "왜? 어떻게?"를 연발하는 나와 달리 창현은 침착했다. 나는 창현에게 바로 올라가겠으니 병원에서 보자며 전화를 끊었다.

이반장의 부음을 현장식구들에게 전한 나는 서둘러서 시외버스터미널로 향했다. 어서 서울로 올라가야 했다. 육십 중반의 나이가 무색할 정도로 새벽 네 시면 현장에 나가서 청소를 하고 자재 정리를 하던 이반장이었다. 웬만한 일꾼 두 몫은 하고도 남았던 양반이었다. 며칠만 집에 다녀오겠다고 현장을 비웠던 이반장이었다. 그의 부음이 도무지 실감이 나질 않았다. 다행히 평일이라 서울 올라가는 차편은 여유가 있었다. 점심은 중간 휴게소에 정차할 때 간단히 때우기로 하고 막 출발하려는 차에 오른 나는 자리에 앉자마자 이반장의 번호로 전화를 했다. 아버지의 전화기를 통해서 들려오는 창현의 목소리는 이번에도 담담하고 차분했다. 심장마비 같다고 했다. 새벽같이 전라도 보성에 다녀오신다고 나가셨다가 변을 당했는데 아직은 잘 모르겠고 조금은 더 지나야 확실히 알 수 있을 것 같다고 했다. 소지품 중에 특별히 분실된 것도 없는 걸 보면 퍽치기를 당하거나 뭐 그런 것 같지는 않다고 했다. 나는 여전히 허둥대는 목소리로 "응 응."하다가 겨우 "나 지금 올라간다."는 말을 전하고 버스의자에 등을 기댔다.

이반장은 십여년전 역삼동 빌라 현장에서 처음 만났다. 그때 이반장은 인력사무소에서 부른 대 여섯 명의 잡부 중에 끼어 있었다. 콘크리트를 타설하고 나면 외벽 거푸집만은 다음날 바로 해체를 했다. 며칠 지나서 해체하자면 목수들은 난색을 표했다. 뜯기 어렵다는 거였다. 그래서 그들은 관행적으로 콘크리트 타설 다음날 거푸집을 해체했다. 그러면서 바로 아래층의 내벽거푸집을 이어서 해체 한다. 그 거푸집은 콘크리트 타설한 지 열흘 이상 경과

했기 때문에 해체할 수 있었다. 노가다 말로 '펌프카 부른 김에 공구리 더 친다.'라는 말이 있다. 하는 김에 일을 더 한다는 말이다. 그래서 현장 외부와 2층 내부에는 해체한 거푸집들로 가득했다. 그 거푸집을 정리 하러 잡부들이 온 것이다. 나는 현장을 둘러보다가 일하던 잡부 중의 누군가 하는 말을 듣게 되었다.

"남의 돈 쉽게 먹을라고들 하지 말어. 나도 시간 때우면 그만이여. 들 해도 해도 너무한 거 아녀? 뻑하면 담배 피운다고 놀고 응 뭐 할 이야기들이 그렇게 많아?"

나는 그들이 눈치채지 않게 오르던 계단을 다시 내려왔다. 이야기를 하는 사람이 누구인지 알 수 있을 것 같았다. 허리가 조금은 굽은 "이씨"라고 불리우는 사람일 것이다. 현장을 둘러보면 누가 어떤 정도의 일을 하고, 누가 빈둥거리는지 한 눈에 알아보는 나였다. 그런 나는 담배 한번 피우지 않고 묵묵히 일을 하던 그 이씨를 눈 여겨 보던 참이었다. 그를 보낸 인력사무소에 앞으로는 그를 지정해서 계속 보내달라고 할 요량이었다. 현장 끝내기 전에 슬쩍 둘러본 그 이씨의 팀은 아까의 야단 때문인지는 몰라도 거푸집을 열심히 정리하고 있었다. 이씨는 마대를 가져다가 바닥에 널부러져 있는 폼 핀을 주워 담고 있었다. 폼 핀은 어찌 보면 소모품 같았다. 하지만 워낙 많이 들어가는 자재라 찬찬히 주워 모으면 제법 큰 돈을 절약할 수 있었다. 이씨는 그걸 아는지 마대에 묵직하게 폼 핀을 주워 모으고 있었다.

어떻게 보면 같이 일당잡부를 나온 사람들에게 "저 사람 뭐야? 왜 저렇게 오버해?" 라는 말이 나올 수도 있는 행동이었다. 그런데 이씨의 호통에 사람들이 대들지 않고 순응하는 것을 보면 그는 다른 현장에서도 지금 만큼 성실했던 것 같다. 현장소장 입장에서는 탐나는 일꾼이었다. 나는 당연히 그 날 이후로 인력사무소를 통해서 그를 불러서 일을 시켰다. 그리고는 그를 관심 있게 보았다. 어느 현장이나 한 두 명의 고정 잡부는 필요했다. 하지만 딱히 그 때문만은 아니었다. 무슨 충성심에 일당 칠 만원 받자고 저리 열심인지 그것이 궁금했다. 또 정말 성실한 사람이라면 지금 저 나이에 일당벌이로 나서지는 않았을 텐데, 그렇다면 그는 어떤 사연이 있었을지 궁금하기도 했다. 현장소장인 나는 현장 일에도 바쁜데 가끔씩 사람에 대한 궁금함을 참지 못했다. 때문에 나는 그 부질없는 것에 몰두하느라고 가끔 현장 일을 놓치기도 했다. 그래서 독립하지 못하고 만년소장으로 작은 현장을 떠돌았는지도 몰랐다.

나는 며칠 뒤 이씨를 현장사무실로 불렀다. 오후 참 먹고 막 일을 시작하려는 시간이었다. 현장소장이 부른다니 이씨는 긴장한 표정으로 현장사무실의 문을 열고 들어섰다. 현장사무실이라고 해야 5평 남짓한 컨테이너였다. 그날 특별히 이씨에게 볼일이 있었던 것은 아니었다. 이씨를 계속 쓸 것이면 작업반장에게 또 부르라고 하면 될 일이었다. 미리 작업반장에게 이야기를 해둔 터이기도 했다. 냉온수기의 물로 커피를 한잔 타서 건네자 이씨는 아주 황송하다는 듯이 허리를 굽혀서 건네받았다. 과하다 싶을 정도의 정중함에 커피를 건넨 손이 부끄러울 정도였다. 이씨는 종이컵에 담긴 커피를 두 손으로 얌전하게 마셨다. 관심 있게 보건데 막일이 몸에 벤 사람은 아니었다. 그 나이에 오랜 경력이면 반기공이라도 하고 다녔을 것이다. 체구도 조그마하고 허리도 조금은 굽어보이고 가까이서 보니 환갑은 되어 보였다. 그의 외모로 봐서 그동안 어지간히 급한 현장이 아니고서는 선뜻 그를 써줄 곳은 없었을 것이다. 인력사무실에서도 젊은 노무자들 틈에서 처음에는 서러움도 받았겠지 싶었다. 이씨가 잡부 일을 시작한지는 얼마나 되었을까?

 나는 겉으로는 부드러운 미소를 띠며 그를 보았다. 그냥 불렀다고 하자니 별 싱거운 양반 다보겠다고 생각할 것 같았다. 나는 그가 커피를 마시는 동안 짐짓 근엄한 표정으로 작업일지와 자재 카탈로그를 점검하는 시늉을 했다. 그저 가까이서 한번 보고 싶었다. 이씨는 무슨 하실 말씀이 있으시냐는 표정으로 나를 보았다. 순간 현장사무실에서 남는 작업화 하나가 내 시선 속으로 들어왔다. 그 작업화는 여유분으로 포장도 뜯지 않은 것이었다. 나는 얼른 그 작업화를 들어다 이씨 앞에 놓았다. "마침 남는 작업화가 있어서요. 대충 보면 맞을 것 같은데 맞으면 가져다 신으세요." 이씨는 긴장하고 있다가 현장소장이 특별히 자신을 불러서 몇 만원씩 하는 작업화를 챙겨준다는 감격에 어찌할 바를 몰라 했다. "열심히 해 주시는데 뭐 드릴 건 없고요. 아무튼 잘 해주세요. 항상 안전 조심하고요."

  그날 이후로 이씨는 그 현장이 마무리 될 때까지 매일 출근을 했다. 우리 현장에 출근하는 동안은 이 현장 저 현장을 떠돌 필요도 없었다. 매일 새벽 인력사무소에 갈 일도 없었다. 인력사무소를 통해서 현장에 가게 되면 일당의 십분의 일 정도는 인력사무소에 지불을 해야 한다. 인력소개비다. 그런데 이렇게 현장에 직접 출근하게 되면 인력소개비를 지급하지 않아도 되었다. 게다가 사람도 낯설지 않고 일도 하던 일의 연장이라 특별히 어려운 일 아니고는 마음부터 편했다. 그리고 이씨처럼 한 현장이 끝날 때까지 붙박이로 일을 하기란 흔한 일도 아니었다. 요령부리지 않고 일을 해준 그때의 이씨는 오랜 시간 잡역부 일을 하러 다닌 사람들보다 일찍 노가다판의 지름길로 들어섰다. 현장 일을 하다보면 단순한 일을 할 사람은 항상 많았다. 하지만 그 단순한 일을 순서에 맞게 요령 있게 사람들을 배치하고 시킬 수 있는 그런 인력은 흔하지 않았다. 현장의 인력들을 지휘하고 각 분야의 기술자들이 공정에 맞춰서 일을 진행할 수 있도록 자재준비며, 청소와 정리 등을 진두지휘할 현장의 작업반장은 그 숙련도에 따라서 받는 대접도 달랐다. 학교에서 건축을 공부한 기사들과는 별개로 현장에서는 그런 사람들이 꼭 필요했다.

나는 내 나름의 방식대로 그를 테스트했다. 그 첫 번째는 현장 내부의 오물청소였다. 어느 현장이나 현장 아무 데서나 볼일을 보는 사람들이 있다. 그러면 그 것들을 치워야 하는 사람도 있어야 했다. 특히 욕실의 변기에 채워진 배설물은 채 물을 채우기도 전에 실례를 한 것이라 청소하기가 여간 난감한 것이 아니었다. 나는 이씨에게 그 일들을 하도록 했다. 그는 군소리 없이 그 일들을 했다. 조금은 치사한 방법이지만 현장에 자금이 모자라는 척 노임도 열흘 이상씩 늦게 줘 보기도 했다. 그러나 그는 마치 나의 시험을 아는 사람처럼 흔들리지 않고 새벽같이 현장에 나와서 주변 도로까지 청소를 했다. 그렇게 그는 나의 마음을 빼앗고 있었다.

현장이 준공준비로 부산할 즈음 나는 우연히 이씨와 인력사무소의 소장인 듯한 남자의 이야기를 듣게 되었다. "이제 그만주셔도 돼요. 아니 남들은 인력비 하루치도 아까워서 거짓말을 하는데 벌써 한달 넘게 주고 계시잖아요. 어제 두고 간 거 이거 못 받겠어요. 그리고 이씨가 잘하신 덕분에 우리 사무실에서 이 현장에 사람들 보내서 재미보고 있잖아요. 내가 없으면 그냥 가시지 아니 꾸역꾸역 안받는다는 집사람한테까지 주고가시면 뭐 내가 돈에 환장한 놈도 아니고 , 아무튼 이거 돌려받으시고 앞으로 이러지 마세요. 이 현장 끝나고 갈데 없으면 오세요. 어디라도 내가 제일 좋은 곳에 보내드릴 테니까."

"내가 덕분에 이렇게 일 잘하고 있는데, 그럼 인력비는 당연히 드려야 되는거 아뇨? 알았어요. 알았어 그러면 그것만 받으셔. 그리고 나 바빠요. 이렇게 한가하게 잡담할 시간 없어요."

 이야기를 들으니 대충 이해가 갔다. 이씨가 이 현장에서 고정으로 일을 하는 동안에도 꼬박 꼬박 10프로의 인력비를 인력사무소에 내고 있었던 것이다. 따박따박 이씨의 인력비를 받아먹던 인력사무소의 소장이 자기 없는데도 돈을 놓고 간 이씨에게 더는 못받겠던 모양이었다. 그래서 이씨가 낸 인력소개비를 이씨가 있는 현장으로 다시 가지고 와서 오히려 사정을 하고 있었다. 그날로 나는 이씨를 다음 현장에서는 작업반장으로 써야겠다는 마음을 굳혔다. 돈이 아쉬워서 나온 사람이 꼬박 꼬박 인력비를 떼어 준다는 것은 쉽지 않은 일이었다. 그도 바보가 아닌 이상 며칠 인력소개비로 가져다 주다가 그만주어도 뭐랄 거 없다는 것을 모를 리 없기 때문이었다.

 지금의 작업반장은 이 현장 까지만 함께 할 생각이었다. 현장에서 나오는 고철 정도야 요령껏 팔아서 막걸리 값이라도 할 수 있다. 거기까지는 모른 척 할 수 있다. 그런데 함바에서도, 하청 오야지들에게도 용돈을 슬쩍 슬쩍 요구했다는 작업반장이었다. 그런 사실을 내가 모를 리 없었다. 그저 알고도 모른 척 할 뿐이었다. 마음먹으면 뒷돈 챙길 구석이 제법 있는 곳이 노가다 현장이다. 그래서 믿을 만한 사람이 필요했다. 내가 보기에 이씨는 무난히 작업반장을 해낼 재목이었다. 그러나 나는 그가 어디서 무엇을 하다 왔는지 그의 가족관계가 어떻게 되는지 몇 개월이 지나도록 그에 대해 아는 것이 없었다. 그는 그때까지만 해도 아직은 성실한 잡부 이씨였다.

 그를 다시 만난 것은 이듬해 여름이 끝나갈 무렵 동대문구의 한 다세대주택 신축현장에서 였다. 역삼동 현장이 끝나고 나는 상업용건물의 마감공사에 투입되었다. 그리고 몇 달의 현장공백이 있었다. 역삼동 빌라의 분양이 신통치 않았던 작년의 건설회사는 새로운 일을 추진할 여력이 없었다. 나는 일이 없는 건설회사에 눈치 없이 있는 것도 마땅치 않아서 그 회사를 떠났다. 몇 달 쉴 즈음에 나는 규모는 작지만 부동산업자 몇 명이 어울려서 하는 다세대현장에 이른바 인센티브소장으로 투입이 되었다. 나는 다세대나 연립주택의 시공에 제법 노하우가 있었다. 캐드에도 능했고 인테리어설계도 능했다. 투입이 되면서 나는 우선 작년 역삼동빌라 현장의 이씨에게 연락을 했다. 헤어지기 전 나는 그에게 따로 나중에 내가 부르면 오겠느냐는 이야기를 했었다. 그 때 그는 제가 뭐라구요. 저야 소장님이 불러주신다면 어디라도 가지요 했었다. 나는 그가 필요했다. 그리고 그가 보고 싶기도 했다. 그는 나를 기억하고 있었다. 기억하는 것 뿐만 아니라 어찌나 황송스럽고 반가운 목소리가 들려오는지 핸드폰을 받으면서 연신 고개를 조아리는 그의 모습이 훤히 보이는 것 같았다.

그는 잠실의 다세대현장에서 일하고 있다고 했다. 마침 한 사나흘 만 하면 다 끝날 것 같으니 소장님께서 부르시면 끝나는 대로 오겠다고 했다. "여기 주차라잉도 그었구요. 이제 준공청소만 해주면 되니까 제 할 일은 얼추 다 되어 갑니다." 그는 주차라인을 '주차라잉'이라고 했는데, 아무려면 어쩌나 내가 그의 말을 알아들으면 되는 것이다. 나는 그의 그런 표현에 슬며시 웃음이 나면서 기분마저 좋아졌다. 그의 목소리는 밝고 힘이 들어가 있었다. 전화를 건 나도 그의 기운에 덩달아 기분이 좋아지는 것 같았다. 그는 한 현장에서 붙박이로 일을 봐주고 있었던 듯 했다. 어쩌면 나만큼 그를 알아본 건축업자가 있어서 그를 작업반장으로 쓰고 있었을 수도 있었다. 사람의 보는 눈은 다 같아서 내가 그를 보는 것만큼 다른 어떤 이의 눈에도 그의 성실함과 사람됨이 보였을 것이다. 나는 이씨를 월급으로 쓸 수도 있었고, 일당으로도 쓸 수 있었다. 월급을 원하면 월급을 조금 여유 있게 줄 것이고, 일당을 원하면 적어도 이만원씩은 더 쳐주면서 작업반장으로 활용할 생각이었다. 작업반장은 현장경험이 무엇보다도 중요했다. 아직은 현장경험이 일천한 이씨를 현장의 작업반장으로 투입하기에 아직은 무리였다. 그러나 모자란 현장경험이야 내가 보완해 주면 될 것이었다. 나는 그가 작업반장으로서의 일을 잘 해줄 것 같았다. 나는 눈속임하지 않고 성실한 사람이 필요했다. 이렇게 성과급을 주는 현장은 건축주의 요구도 까다로울 수 있었다. 또 나의 건축주들은 동업자들이라 그들이 어디서 나의 빈틈을 노리고 있는지도 모를 일이었다. 입 달린 사람들은 다 아는 척 할 수 있는 게 건축일이요, 또 그들이 어떤 하청업자들을 내게 들이밀지, 또 나중에 정산할 때 내게 약속된 돈을 어떤 카드를 써서 깎으려고 할지 모를 일이기도 했다. 또 그들은 자신들의 주머니에서 나오는 돈을 내가 얼마나 투명하게 집행하는지 수시로 확인하려고 할 것이다. 그래서 나는 입도 무겁고 진중한 사람이 필요했다. 이씨는 나를 눈속임할 사람이 아니라는 확신도 있었다. 물론 사람이야 오래 겪어봐야 그 사람됨을 알 수 있지만 적어도 내 오랜 현장경험으로 그쯤은 파악하고도 남음이 있었다. 작업반장이랍시고 함바에서 술이나 마시면서 거들먹거리다가 내 눈앞에서는 무척이나 열심히 일하는 척 하던 사람들을 나는 숱하게 보아 왔다. 그렇다고 해도 아직은 잘 모르는 그를 작업반장으로 옆에 두고 책임을 맡긴다는 것은 나로서도 모험은 모험이었다. 만약 그가 잘못을 저지른다면 그 잘못은 온전히 나의 책임으로 돌아올 것이기 때문이었다. 그러나 나는 그에게 끌리는 마음대로 그를 부르기로 했다. 아마도 나는 당시 그에 대한 호기심이 상당했었던 것 같다.

 무던히도 더웠던 여름을 밀어낸 가을 구름이 높아지고 있었다. 구월의 하늘이 유난히도 높고 부시던 날 이씨는 나와 재회를 했다. 현장의 안전펜스를 치는 작업인부들에게 대지의 경계점을 설명해주던 나는 마침 길 건너편에서 불어오던 제법 시원한 바람에 잠깐 취했다. 눈을 감고 시원한 바람에 몸을 맡겼다. 잠시나마 가을이 내게로 들어왔다. 무척이나 더운 여름을 지난 끝이기도 해서 그 초가을의 바람은 맑고 개운했다. 현장은 이런 맛이 있다. 내가 답답한 사무실보다는 현장을 택한 이유이기도 했다. 작업인부들은 현장소장의 이런 행동에 의아해 했다. 그러나 이내 그들의 입에서도 "바람이 참 시원해서 좋다."는 말들이 나왔다. 얼마간을 그렇게 있던 나는 한껏 가을바람을 들이키고 눈을 떠서 무심코 길 건너편을 보았다. 언제 왔는지 이씨 역시 가을바람을 맞으면서 서 있었다. 이씨는 회색 야구모자를 눌러쓰고 반팔 티셔츠에 작업용 조끼를 입고 있었다. 내일부터 이곳으로 오겠다던 이씨였다. 이씨는 나에게 연신 인사를 하면서 길을 건너왔다. 그는 그야말로 가을바람이 모처럼 시원하게 불던 날 나와 재회를 하게 되었다. 그의 구부정한 겉모습은 그대로였으나 역삼동에서의 그 윤기 없이 거칠기만 했던 얼굴은 윤기가 돌았다. 표정도 밝아보였다. 다행이었다. 그는 그가 일하던 잠실의 다세대현장 준공청소까지 다 해주고 왔다고 했다. 마침 점심시간이라 미리 함바로 정해놓은 식당으로 그를 이끌었다. 그는 여전히 나를 어려워했다. 심지어는 나와 겸상하는 것도 어려워했다. 나는 나이로 치면 장형이나 아저씨뻘인 그에게 앞으로 이렇게 나와 같이 움직이게 될 것이니 너무 그러시면 내가 오히려 불편하다고 했다. 그런데도 여전히 황송해 하는 그 모습이 가식적인 것은 아니어서 문득 무엇이 이 양반을 이렇게 남 앞에서 주눅 들게 했을까 궁금한 마음마저 들었다.

식사를 마친 나는 그를 현장 인근의 다방으로 데리고 가서 그에게 앞으로 당신은 이 현장에서 작업반장을 하게 될 것이며, 보수는 월급보다는 일당으로 이만원씩 더 쳐주겠다고 했다. 아무래도 당신에게 도움이 될 것 같아서 그렇게 하기로 했으니 내일부터 출근하시면 된다고 했다. 출퇴근이 불편하면 함바 옆에 숙소를 하나 마련해 주겠노라고도 했다. 그는 역시나 나의 말에 그냥 고개만 연신 끄덕였다. 다만 일당을 이만원씩 더 쳐준다는 말에는 그렇게까지 하실 필요 없다고 강하게 손사래를 쳤지만 나는 모른 척 했다. 그도 더 이상 우기지는 않았다.

다음날부터 현장에 투입된 이씨는 아니, 이반장은 현장의 작업반장으로서 생각보다 훨씬 능숙했다. 그동안 잠실의 어느 현장인지는 잘 모르겠지만 그곳에서 잘 경험하고 잘 배워서 온 듯했다. 공사현장은 작업반장이나 소장이 일머리를 얼마나 아느냐에 따라서 잘 돌아가기도 하고 마냥 늘어지는 특징이 있다. 잘 설계된 도면과 자금의 집행이 현장에서는 가장 중요하다고 할 것이다. 그렇지만 내용적으로는 앞으로 있을 일에 대한 자재준비며, 인력수급 등을 얼마나 원만하고 매끄럽게 처리하느냐에 따라 건축공정이 당겨지기도 하고 늘어지기도 한다. 작업반장은 인력사무소에서 부르는 잡부들을 잘 다뤄야 했다. 일을 잘 시키는 것도 능력이었다. 또 목수나 설비나 콘크리트나 조적등 각 분야 오야지들의 협조를 잘 이끌어내는 것도 작업반장의 능력이었다.

물론 성실함은 기본이다. 내가 알기로 아직 현장 경험이 그리 많지 않은 그가 그동안 잠실에서 어떻게 배웠는지 십 여년 이상 작업반장을 했던 사람만큼 현장을 잘 이끌었다. 그는 아침 여섯시면 현장에 도착하는 듯 했다. 다른 사람들 보다 한 시간이나 일찍 도착하는 것이다. 어쩌다 내가 서둘러서 아침 여섯시 반쯤 도착해 보면 그는 현장 청소를 하고 있었다. 누가 보나 안보나 묵묵히 자기 일을 하는 사람이었다. 그는 잠시도 몸을 가만두지 않았다. 별로 배움은 없는지 현장사무실용 콘테이너를 '콘트네트'라고 한다던가, 거푸집용 작업핀을 '뻥'으로 부르는 등의 발음으로 나를 피식 웃게 만들기도 했지만, 도면이나 들고 다니면서 요령 피우는 젊은 기사들 보다는 훨씬 훌륭했다. 현장 일당잡부들도 호랑이처럼 다루는데, 나는 그저 그 모습을 보면서 흐뭇할 따름이었다. 건축주들도 내가 작업반장이라고 처음 소개할 때는 '어디서 저런 중늙은이를 데려왔나.' 하는 표정이었지만 그들도 보는 눈이 있는 터라 가끔씩 현장에 올 때마다 돈 몇 만원씩은 그에게 쥐어주는 듯 했다. 마음에 든다는 표현을 그들은 그렇게 했다. 각 대마의 오야지들도 이반장 특유의 부지런함에 그가 소위 노가다 밥 먹은 세월이나 숙련여부를 떠나서 그를 인정하고 따르는 눈치였다.

 현장은 벌써 골조공사를 끝내고 외장공사를 준비를 하게 되었다. 11월 중순의 현장은 벌써 아침이면 겨울점퍼를 입어야 할 정도로 추워지고 있었다. 예상보다 한 열흘은 앞당겨진 공정이었지만 날씨가 추워지면 우선 마음부터 바빠지고 쫓기는 게 현장소장의 심리다. 건축공사라는 것이 이렇게 서둘러도 마감공사를 하는 때가 되면 늦어져서 난리를 피우게 된다. 혹시라도 늦어질까 봐 노심초사하던 나는 현장사무실의 달력과 공정계획표를 다시 한 번 보면서 앞당겨진 공정에 한시름 덜었다. 부지런한 이반장의 역할을 실감하는 순간이기도 했다. 그의 공이 컸다. 이반장이 현장사무실의 문을 열고 들어섰다. "소장님 아까렝가벽돌은 쓰미오야 지랑 잘 받아놓고요. 비가와도 현장에 와서 놀라고 해서 보냈습니다. 잡부는 내일 안 불러도 되겠고요. 그냥 제가 일찍 치우면 되니까요. 소장님 뭐 혹시 시키실 일 있으시면..." 하는 이반장의 소리에 "아니 됐어요." 하려다가 추운 날에도 일을 하느라고 이마에 땀 흘린 자국이 있는 이반장을 잠깐 세웠다. 그에게서 시큼한 땀냄새가 났다. 나는 그냥 가겠다는 그를 기어이 붙잡아서 술이나 간단하게 한 잔 하자며 함바식당으로 갔다. 작업공정보다 한 열흘 앞당겨진 데다 외장시공 준비까지 일사천리로 진행되어 기분이 좋아진 나는 그와 술잔을 마주했다. 인부들이 귀가한 후의 함바식당은 한가했다. 일절 술마시는 티를 내지 않던 내가 술 한잔을 하겠다고 하니 함바식당의 주인아주머니가 웬일이시냐며 너스레를 떤다. "아유 소장님에 반장님까지 안드시던 술을 드시겠다니 이게 웬일이야. 아유 그나저나 안주는 뭘로 해드려야 하나."

함바식당의 주인아주머니는 제육볶음을 상추와 함께 내놓았다.

대접 속에서 부풀어 오른 계란찜은 무럭무럭 김이 올라왔다. 그날 나는 그렇게 취하지는 않았으나 술김에 이반장에게 대강 이런 질문을 했던 것 같다. 술김이었으니까. "당신같이 부지런하고 성실한 사람이 왜 이렇게 나이 들어서 노가다길로 들어섰느냐? 혹시 사업을 하다가 크게 사기를 당했느냐? 그러지 않았다면 무슨 사연이라도 있는지 궁금하다."라는 말을 주저리주저리 했던 것 같다. 그는 담담하게 말을 이어갔다. 웬만한 사람이라면 술 한잔쯤은 할 텐데, 그날 그는 술을 한잔도 마시지 않았다. 나만 슬슬 그의 이야기에 취해갔다.(나는 그가 술 몇 잔씩은 마시는 줄 알았으나 그는 술을 일절 안하는 사람이었다. 그러나 일요일에도 일을 하는 것을 보면 종교적인 이유는 아니었다.)

  그는 청계천에서 국밥집을 제법 크게 했다. 주방장을 포함해서 일하는 아줌마 몇을 두고 했는데 음식인심이 후해서 그런지는 몰라도 장사가 잘 되었다. 음식장사는 주인 손이 커야 잘된다고 했다. 그런 만큼 돈도 벌만큼 벌었다고 했다. 그런데 그만 이반장의 부인이 이름 모를 병에 들었다. 급기야는 얼마를 사네 못사네 하는 지경에 까지 이르렀다고 했다. 해서 이반장은 가게를 정리하고 오로지 병든 아내를 살리기 위해 용하다는 한의원이나 병원은 다 찾아다녔다고 했다. 그리고 좋은 약이라면 돈인 얼마가 들던 다 사다가 드렸다고 했다. 내 상식으로야 사람이 아프면 국내 굴지의 병원에 찾아가서 전문의를 만나서 진찰받고, 그 의사가 시키는 대로 하면 될 일인데 이반장이 말하는 용하다는 한의원과 병원은 무엇이고 몸에 좋은 약은 또 무엇인지는 솔직히 모르겠다. 아무튼 그는 그러느라고 모은 돈을 다 쓰고 가게도 접었다고 했다. 급기야는 월세방으로 옮기게 되었다고 했다. 그 세월이 작지는 않았다고 했다. 고생 끝에 마나님 병은 고쳤는데 손에 남은 것은 없었다.

해서 망우리 어디에, 이반장 표현에 의하면 누우면 하늘이 보이는 판잣집에 월세로 들어갔다고 했다. 가진 것은 없고 다시 식당을 할 엄두도 나지 않았다고 했다. 먹고는 살아야 하겠고 해서 우연히 알게 된 사람의 소개로 처음 지방의 아파트 현장에서 미장 데모도를 하게 되었는데 이것이 계기가 되었다고 했다. 이반장이 노가다길로 들어선 사연이 그랬다. 할 수만 있다면 몸이 허락하는 만큼 자본 없이 할 수 있는 일이 이 일이었다. 그는 처음부터 야근까지 해가면서 꼬박꼬박 마나님께 돈을 보내드렸다고 했다. 그 돈을 보내야 집에 계신 마나님이 편하게 지낼 수가 있었다. 마나님을 또다시 아프게 하고 싶지 않았다고 했다. 물론 처음 병들었을 때 돈 없어서 걸린 병은 아니었지만 이반장은 혹여나 마나님이 또 아플까봐 걱정이라고 했다. 그래도 이야기를 하는 이반장에게서 내가 사랑하는 아내를 살려냈다는 자부심이 한껏 묻어났다. 지방의 아파트일이 끝나고 서울 올라와서 인력사무실을 통해서 잡부일을 한 반년 여기저기 다녔다고 했다. 처음에는 나이 많다고 현장에 나갔다가 퇴짜 맞는 일도 있어서 서럽기도 했었다고 했다.

그의 당시 상황이 그려지는 듯해서 말없이 술 두어잔을 연거푸 입에 털어 넣는 것으로 안타까운 마음을 표현했다. 그렇게 다니다가 역삼동의 내가 있던 현장에 왔다는 것이다. 내 현장이 끝나고 어떻게 잠실에서 다세대주택을 몇 채씩 지어서 파는 사모님들을 알게 되었는데 그 현장에서 일이 끝나갈 즈음 바로 내 전화를 받았다는 것이다. 지금은 반지하지만 보증금 이천만원을 넣어서 월세 조금에 산다고 했다. 그나마 다만 몇 푼이라도 목돈을 쥐게 되어서 월세는 한달에 이십만원밖에 나가지 않게 된 것을 그는 감사히 생각하고 있었다. 그는 정말 마나님 병 고친 것에 대한 자부심을 가지고 있었다. 그 이야기를 그는 내가 술을 먹는 동안 몇 번이고 반복해서 했다. 다 죽어가는 부인을 정성으로 살려냈으니 그럴 만도 하다고 생각하며 나는 그날 모처럼 술다운 술을 마셨던 것 같다.그날은 그 정도의 이야기만 들었다. 그 정도만 들어도 그에 대해 품었던 궁금증의 반은 해소되었다.

 벌써 찬바람이 불어서 이른 새벽에는 살얼음이 어는 초겨울이다. 현장은 구정 전에 준공을 목표로 박차를 가하고 있었다. 다행히도 나에게 현장책임을 맞긴 사람들이 돈복은 있는지 선분양이 다 되었다. 벌써 계약자들에게 입주날짜까지 지정해 준 터라 나는 여전히 바쁘고 초조했다. 그러면 그럴수록 나는 새벽 댓바람부터 현장에 나가 하루에도 몇 십번을 다세대주택 단지의 오층 계단들을 오르내렸다. 그런데 내부의 설비배관 작업과 내장작업이 한

창 바쁘게 진행되고 있을 때 이반장이 없어졌다. 그럴 사람이 분명 아닌데 핸드폰은 아예 꺼져있었다. 어떠한 연락조차 오지 않았다. 물론 이반장이 현장을 며칠 비운다고 해서 현장이 당장 어떻게 되는 것은 아니었다. 하지만 이반장이 없는 만큼 내가 바빠지고 몸이 더 피곤했다. 연락 없는 작업반장을 무작정 기다릴 수도 없었다. 그러고 보니 나는 그를 안다고 생각하고 있었는데, 정작 필요해서 찾으려고 하니 그의 핸드폰 번호밖에 몰랐다. 물론 그의 주민등록증을 복사해 놓은 것이 어딘가는 있을 것이다. 그런데 그는 주민등록증을 복사해 주면서 내게 "계획이 있어서 일산에 주소를 옮겨 놨습니다. 거기 주소는 일산인데요. 전에도 말씀 드렸듯이 사는 곳은 망우동입니다"라고 말을 했었다. 주민등록상의 주소는 의미 없는 주소였다. 나는 기가 막혔다. 워낙 성실한 양반이라 그 당시 나는 "그래요?"라고 대수롭지 않게 넘겼는데, 그리고는 그냥 잊고 지내왔는데 이렇게 되고 보니 나는 그에 대해서 정작 아는 것이 없었다. 그렇다고 그가 이 현장에 피해를 끼친 것은 아니었다. 일당을 몰아서 선금 받고 달아난 것도 아니다. 나타나지 않는 그를 마냥 기다리고 있을 수도 없었다. 사람이 살다보면 가끔은 황당한 일도 겪게 되는 법, 그냥 잊으면 될 일을 나는 그에게 남은 미련 때문에 그를 기다렸다. 그가 꼭 돌아올 것 같았다.

그렇게 일주일을 기다리던 어느 날 삼십대 중반의 청년이 현장으로 나를 만나러 왔다. 이반장의 맏아들인 이 창현이었다. 그는 정중하게 인사를 하면서 자신을 이기영씨의 아들이라고 하였다. 하지만 나는 미안하게도 그가 이야기하는 이기영씨를 바로 못 알아들었다. 그가 당황한 듯 "여기 작업반장으로 근무하는 이기영씨"라고 했을 때에야 비로소 나는 '아 이반장님' 하고 알아들을 수 있었다. 현장에서야 그냥 이반장, 이반장 했지 이기영씨라고 부를 일이 없어서 나온 실수였다. 현장에서 이반장의 이름은 사무실 한 구석에 비치된 인력대장에서나 존재하는 것이었다. 내가 이곳 현장에서 소장으로만 불리고 기억되는 것처럼 그도 이반장으로나 존재했던 것이다. 그럼에도 그의 이름을 당연히 기억해야 마땅한 나에게 그는 다시 한번 정중하게 허리를 굽혔다. 자신을 이기영씨의 아들이라고 소개하는 그는 아버지만큼이나 선한 얼굴을 하고 있었다. 그는 자그마한 키며 공손한 어투까지 아버지의 모습 그대로였다. 그에게서 이반장의 얼굴이 보였다. 나는 이반장의 이름을 바로 알아듣지 못한 미안함을 과장된 몸짓으로 감추면서 그를 맞았다. 창현은 현장사무실에서 바로 앉지 못했다. 내가 재차 자리에 앉을 것을 권했을 때에야 그는 겨우 현장사무실의 소파에 앉았다. 나는 일주일 째 아무런 연락이 없었던 이반장의 소식이 무엇보다 궁금했다. 그동안 그에게 어떤 사정이 생겼는지 전화 한통이 없고 또 일주일이 지나서도 정작 기다리던 본인이 아닌 아들이 나를 찾아오게 되었는지 궁금했다. 나는 창현에게 차를 한잔 대접한다거나 명함을 한 장 건네는 것보다 그의 아버지에 대한 질문부터 던졌다. 사람 바빠 죽겠는데 그날도 창현은 오늘 아침의 전화처럼 차분했다. 말없이 조용한 그를 보다가 나는 담배를 한 대 피워 물었다. 그리고 일회용커피를 한잔 타서 주었다. 커피를 한 모금 들이킨 그는 아버지의 이야기를 꺼냈다. 자신에게 향하고 있던 캐비닛히터를 내가 앉은 쪽으로 돌리면서 창현이 들려준 이반장에 관한 이야기는 대강 이랬다. 한 사오일 연락 없이 안 들어오던 양반이 그제 저녁에 반은 정신 나간 사람의 몰골을 하고 집에 들어왔다. 다른 때도 현장이 바쁘면 현장숙소에서 자느라고 며칠 씩 안 들어오기도 해서 크게 걱정은 안 했지만 집에 들어온 양반이 몸을 제대로 가누지도 못할 정도여서 어머니는 우선 자리부터 펴드렸다. 워낙 강골인 양반이라 하룻밤 자고 나면 거뜬히 일어나겠거니 했는데, 이 양반이 다음날 아침에도 영 기운을 못 차리는 것에 덜컥 겁이 난 마나님은 큰아들 창현에게 연락을 했다. 전에 없던 일이라 놀란 창현이 달려갔다. 그의 아버지는 그냥 곤하게 잠들어 있었다. 얼굴은 수척해 보였으나 당장 병원으로 모시고 가야 할 상황 같지는 않아보였다. 아들의 기척에 눈을 뜬 이반장은 거두절미하고 "너 내일 현장에 가서 소장님을 꼭 만나 뵈라."고 했다. "연락 없이 현장을 비워서 죄송하다고 말씀드리고 혹시라도 사람을 채웠으면 다행이고 그래도 몸을 추스르는 대로 인사는 가겠다." 는 말씀을 꼭 전해드리라고 했다는 것이다. 그리고는 입을 다물고 돌아 누우시는데 더 이상 아무런 말도 나눌 수 없었다고 했다.

그동안 아무 일 없이 정말 건실하게 현장을 잘 나오시던 양반이 일주일간 아무런 소식도 없이 현장에 안 나왔다는 나의 말을 창현은 묵묵히 듣고 있었다. 이반장을 책망하는 것이 아니라 많이 걱정하였다는 말을 나는 주섬주섬 하고 있었다. 창현이 반 쯤 비운 커피를 그냥 들고 내 말이 끝나기만을 기다리는 듯 했다. 더 이상 그가 내게 해 줄 말은 없어 보였다. 우선 이반장의 안부를 듣게 되어서 다행이었다. 하지만 아직은 설명되지 않는 이반장의 행적이 나를 궁금하게 했다. 이반장이 이번에는 또 다른 내용으로 나의 호기심을 자극했다. 그를 어서 보고 싶은 마음을 애써 누르면서 나는 창현에게 "이반장님은 현장 걱정 마시고 며칠 푹 쉬다가 나오시라."는 말씀을 전하라고 했다. 마침 점심 전이어서 점심이나 함께 하자는 나의 권유를 창현은 한사코 사양하였다. 나는 고깃근이라도 사다드리라고 그의 주머니에 돈 오만원을 억지로 넣어줬다. 누가 그 아버지에 그 아들 아니랄까봐 기를 쓰고 사양하는 것을 "정 이러면 당신 아버님을 안보겠다."는 나의 반 협박성 말에 겨우 그는 나의 호의를 받았다. 그리고 그는 또 정중하게 허리를 굽히고 자리를 떴다.

  이반장은 다음날 이른 새벽부터 현장사무실 앞에서 나를 기다리고 있었다. 어두움 속에서도 나는 그를 알아볼 수 있었다. 구부정한 모습의 조그만 그림자가 새벽 불빛 아래에서 움직이고 있었다. 그는 틀림없는 이반장이었다. 그는 작업화를 신고 각반까지 하고 현장 주변의 청소를 하면서 나를 기다리고 있었다. 나의 인기척을 발견한 그는 연신 고개를 조아리면서 나를 맞았다. 반가운 마음에 그의 손을 덥석 잡은 나는 그를 현장사무실로 이끌었다. 현장사무실에 들어선 그는 새벽 찬바람에 벌겋게 언 얼굴로 "죄송합니다."를 연발했다. 커피를 한잔 타서 주면서 별일 없었느냐고 묻는 나에게 이반장은 그저 쥐구멍에라도 들어갈 듯 안절부절 했다. 그런 그에게 나는 더 이상 할 말이 없었다. 나의 궁금증을 아는지 모르는지 그는 커피를 한잔 마시더니 내 눈치를 슬그머니 보다가 "저 현장에 나가봐야 되겠는디요."라는 말을 남기고 자리에서 일어섰다. 그는 랜턴과 반코팅 장갑을 챙겨서 현장사무실 문을 밀고 나갔다. 창현이 다녀가고 다음날 바로 그가 현장에 출근할 줄 몰랐던 나는 이반장이 무척이나 반가웠다.

그가 돌아온 현장은 역시나 기운차게 돌아갔다. 이반장의 공백을 대신 채우느라고 이른 새벽부터 현장을 오르락내리락 했던 나는 모처럼 느긋했다. 나는 또 담배 한 개피를 피워 물었다. 그런데 저 양반 그동안 무슨 일이 있었던 거야? 나는 이반장의 지난 일주일이 궁금했다. 이반장의 얼굴을 보니 더욱 그랬다. 그러나 아쉽게도 나는 이반장이 제자리로 돌아온 것에만 만족해야 했다. 그 현장이 끝나도록 이반장은 그의 일주일에 대한 이야기를 절대 하지 않았으니까. 이반장은 일에 관한 이야기 빼고는 한동안 나와 아예 눈을 마주치려고 하지 않았다. 여간해서 조그만 실수조차 하지 않는 양반이었다. 이유야 어찌되었건 무단으로 현장을 그것도 일주일씩이나 비우는 실수를 하였으니 이 반장이 그럴 만도 했다.

이반장이 미안해 할까봐 나는 더 이상 묻지도 못했다. 그러는 사이에 현장은 무사히 완공되었다. 준공검사도 마치고 입주자들의 입주도 시작되었다. 신정을 훨씬 넘긴 현장은 이삿짐으로 부산했다. 입주자들이 얼추 입주를 하면서 나는 이반장과 헤어질 준비를 했다. 나는 참으로 성실한 사람을 만나서 그 현장의 일을 잘 마무리 지을 수 있었고 또 성과급도 넉넉히 챙길 수 있었다. 공사현장이라는 곳은 절대 혼자만의 힘으로 되는 곳이 아니다. 아무리 도면이 좋아도 인력사무실을 통해서 오는 일당잡역부에서부터 형틀목공, 철근공, 조적공, 미장공, 타일공, 도장공, 설비업자, 내장목공, 전공등 삼사십 분야의 전문가들의 노력이 모아져서 결실을 낸다. 무엇보다도 이반장 같은 이들이 꼭 필요한 곳이기도 했다. 크게 봐서야 자금의 거래와 설계라는 큰 몫들이 있겠지만 현장소장의 입장에서 보면 당장 내 주머니에 돈을 채워주는 그런 사람들보다는 이반장과 같은 이들이 진정으로 소중했다. 그러나 이제 나와 이반장은 어디론가 다른 현장을 찾아서 떠나야 했다. 한 현장이 끝나면 다른 현장을 찾아서 떠나는 것이 우리네 현장 사람들의 당연한 순서였다. 현장의 인부들이나 업자들에게 줄 돈 다 주고, 성과급도 여유 있게 챙긴 나는 이반장에게 내 몫에서 그의 한달치 노임을 더 계산해 주었다. 물론 내가 더 준다고 받을 이반장은 아니었다. 그럼에도 현장에 하자가 있을 때 한번 씩 와서 봐주면 되지 않겠느냐는 나의 이야기에 그는 겨우 수긍하면서 내가 내민 돈을 받아들었다. 다음 현장에서 또 만나자고, 아마도 조만간 만나게 될 것이라고 말하면서 나는 그와 헤어졌다. 이반장은 나에게 공손하게 인사하고 함바식당을 거쳐서 돌아갔다. 그와의 이별이 아쉽지만 그렇게 나는 그와 헤어진 줄 알았다. 그러나 그것은 나만의 생각이었다.

 이반장은 나와 끝나지 않았다. 더 계산된 한 달치 노임을 그가 비교적 순순히 받아들일 때 이상하다고 나는 생각했어야 했다. 다음 날 우리 집에는 생선폭탄, 과일폭탄이 떨어졌다. 늦은 점심을 하던 중에 받은 아내의 전화 목소리는 금방이라도 숨이 넘어갈 듯했다. 현장일을 챙기느라고 뜸했던 설계사무소의 소장과 점심 후에 나누려던 이야기는 본론도 들어가 보지 못하고 나는 집으로 달려가야 했다. 그리고 집에 도착한 나는 내 조그만 단독주택의 앞마당에 잔뜩 들어찬 생선궤짝에 어안이 벙벙할 수밖에 없었다. 아내가 왜 그렇게 숨 넘어 가는 전화를 했는지 이해가 되었다. 아내는 "당신현장의 이반장인가 하는 아저씨가 아들하구 트럭에 생선이랑 과일박스를 잔뜩 싣고 와서 이렇게 대책 없이 내려놓고 갔다."고 하면서 "이걸 다 나보고 어떻게 하라고."를 연발했다. 이 물건들을 거실까지 들여다 놓겠다고 하는 것을 아내는 그냥 놔두시라고 하고 보냈다고 했다. 선물이라는 것이 웬만해야 선물일 것이다. 또 손님접대라는 것도 온전한 정신에서 하는 것이다. 그런데 아내의 이야기를 듣자니 아내는 이반장의 선물폭탄에 그냥 어안이벙벙하다가 이반장 부자에게 차 한잔 대접 못했던 것 같다. 나는 대강의 상황이 파악되자 터져나오는 웃음을 참지 못했다. 보통의 사람들이라면 흉내도 못 낼 우리 이반장의 엉뚱한 배포에 웃지 않을 재간이 없었던 것이다. 아내가 웃음이 나오느냐고 하는데 나는 그럼 울어야 되겠느냐고 대꾸하면서 이반장에게 전화를 걸었다. 그래도 사정이 넉넉하지 않을 이반장의 선물이었다.

그냥 받기에 너무 과했다. "아니 이반장님 이게 웬 물건들 입니까? 뭐 선물이라고 해도 어느 정도껏이지 이렇게 마당에 한가득 쌓아놓고 가시면 우리보고 어떻게 하라고요. 우리 부부더러 동네에서 슈퍼 하나 차리라고요?" 그러나 이반장은 청량리 시장에서 도매로 사는 데가 있어서 샀으니 두고두고 드시라고 했다. 구정 선물이라고, 그리고 고맙다고 했다. 나는 더 이상 그에게 말을 할 수가 없었다. 내게 한 달치의 노임을 더 받기에는 이반장 평소의 성품이 용납하지 않았을 것이다. 그날 아내는 마당의 생선궤짝과 과일 더미에서 우리가족이 먹을 만큼만 봉지에 담아서 거실 안으로 들였다. 그 다음은 동네 이웃들을 불러서 그들에게 마당가득한 생선과 과일을 나눠주었다. 나눠주는 것도 일이어서 해가 지도록 내 집의 조그만 마당은 이웃들의 선물 나누는 소리가 이어졌다. 오후 내내 이어지는 아내의 이반장이야기는 결국 남편자랑이었으며, 횡재를 한 아낙들의 입에서는 그들의 검정비닐에 담긴 생선이나 과일의 부피만큼 칭송과 부러움이 흘러나왔다.

다음날 나는 이반장님 만나서 식사대접이라도 하고 당신도 근사한 선물하나 쯤은 해 드려야 도리 아니겠느냐는 아내의 성화에 못 이겨서 이반장에게 전화를 했다. 그러한 나의 전화에 이반장은 "지금은 바쁘고요. 현장 터지면 연락주셔요. 달려가겠습니다. 예" 하고 바로 끊었다. 그는 내가 왜 전화를 한 지 알고 있었다. 그래서 그렇게 바로 끊었을 것이다. 이반장은 참으로 독특한 사람이었다. 나는 어서 다른 현장을 준비해서 이반장과 만나고 싶었다. 하지만 구정이 코앞이라 현장이 터지더라도 한 달은 기다려야 했다. 그때 까지는 참아야 했다.

여기서 이야기를 건너뛰어야 할 것 같다. 그 이후로 나는 몇 번의 현장에서 이반장과 함께 일을 했다. 그러는 동안 나는 그와 더욱 친밀해졌다. 이반장은 가끔 아들 창현의 이야기와 막내딸 이야기를 했다. 아들 창현은 특수도장기술자인데 일요일이면 아버지의 호출을 받고 달려왔다. 그는 아버지가 실어주는 건설용 폐재류를 장안동의 쓰레기하치장으로 실어 날랐다. 그렇게 하면 폐재류 처리비용을 상당히 절감할 수 있었다. 나는 창현과 술잔을 기울이기도 했다. 창현은 아버지와는 달리 소주 몇 잔은 마셨다. 이반장은 시집간 막내딸 이야기도 했다. 딸 내외가 돈에는 지독해서 그들 사는 거는 걱정하지 않는다고 했다.

나는 우연한 기회에 독립이라는 것을 하게 되었다. 말하자면 현장소장에서 사장이 된 것이다. 나의 의지가 아니었다. 제법 큰 공사가 설계사무실을 통해서 연결이 되었다. 나는 얼떨결에 사장이 되었다. 그 공사는 대금지급조건도 좋았다. 근린생활시설이라 복잡한 공정도 아니었다. 다만 건물의 상층부에 사우나가 계획되어 있었다. 그래서 방수공사가 중요했다. 그리고 보일러실과 그 하부의 구조보강도 중요한 공정이었다. 하지만 그 정도의 공사는 자신 있었다. 공사를 잘 끝내면 상당한 목돈도 만질 수 있었다. 나는 흔쾌히 그 공사의 시공계약을 했다. 내가 독립한 것을 누구보다도 좋아했던 이는 이반장이었다. 드디어 우리 소장님이 사장님이 되셨다며 이반장은 함바식당으로 오야지들을 불러 모았다. 그들에게 이반장은 우리 소장님을 한번 도와드리자고 했다. 그의 목소리에는 힘이 들어가 있었다. 그런 이반장의 모습에서 내가 용기를 얻었음은 물론이다.

기공식과 내 사무실의 개업식은 조촐했지만 건축주와 오야지들의 기대만큼은 다른 기공식이나 개업식과 비교해서 모자람이 없었다. 나는 현장 출신이라 사무실은 경리에게 맡겨 두고 현장에 상주했다. 현장은 시작부터 주변의 민원에 시달렸다. 하지만 현장소장으로서의 오랜 경험으로 그 정도는 무난히 헤쳐 나갈 수 있었다. 자금사정도 좋았다. 설계사무실이나 건축주 쪽에서도 이 공사를 무사히 마치면 또 다른 프로젝트로 나와 거래를 하겠다고 했다. 결재를 올리던 입장에서 결재를 하게 된 나는 나의 바뀐 상황을 제법 즐기는 여유도 생겼다. 기초공사에서 골조공사까지 무난히 현장은 진행되고 있었다. 그러나 예기치 못한 사고가 발생하면서 나의 사업은 시작부터 흔들렸다. 그 사고의 주인공은 안타깝게도 이반장이었다.

  그 이야기를 하기 전에 나는 지금부터 내가 살아오면서 겪고 목도한 광경 중에서 가장 아름다운 광경을 이야기하고자 한다. 아마 나는 앞으로도 그렇게 뭉클했던 아름다운 모습은 볼 수는 없을 것이다. 이반장은 새벽부터 토막난 목재들과 콘크리트덩어리, 그리고 잘려진 형틀조각 등이 엉켜있는 건설폐재류 속에서 유로폼의 연결핀을 골라내고 있었다. 개당 삼,사십원 하는 연결핀을 열심히 골라서 소형마대자루에 담고 있는 이반장의 모습은 초겨울새벽의 싸늘한 한기와 아직 걷히지 않은 안개 속에서 묵묵했다. 그의 꾸부정한 몸은 도로 건너편에서도 알아볼 수 있었다. 목재는 목재대로 모으고 유로폼 조각은 조각대로 그 더미를 분류했다. 재활용이 가능한 연결핀은 따로 모아서 소형마대자루에 담는 그 동작이 서두르지도 않고 느리지도 않게 이어지고 있었다. 가로등빛 아래에서 초겨울새벽의 안개가 이반장을 품고 있었다. 길 건너편에서 이반장을 바라보던 그 당시의 내 심정을 나는 어떻게 표현할 수 없다. 나는 한참을 그 자리에서 그런 이반장을 지켜보았으니까. 그리고 나는 묵묵히 일을 하는 그 모습에 끌려서 길을 건넜다. 이반장은 길을 건너서 자신에게 다가오는 나를 발견하지 못했다 그는 오로지 일에 열중하고 있었다. "이반장님 이 새벽에 뭐하세요. 잠도 안주무시고 추우실텐데" 나의 갑작스런 등장에 놀란 이반장이 나를 향해 돌아서는데 새벽 어둠에 비치는 이반장의 얼굴에 현장의 먼지가 가득했다. 이반장은 황급히 내게 인사를 했다. 그러면서도 우리 사장님이 건강 생각하셔야지 뭐 하러 새벽부터 나오셨느냐고 오히려 나를 걱정했다. 나는 더 이상 무어라고 할 말이 없었다. 그냥 고마울 따름이었다.

  나는 새벽에 현장을 점검하는 습관이 있었다. 현장소장으로서의 오래된 직업적 습관이었다. 그날은 원래 함바식당을 체크해야겠다고 마음먹은 날이었다. 함바식당에서 식사를 일찍 준비해줘야 작업인부들이 제시간에 일을 시작하는데 식당에서 가끔씩 늦는다는 이야기를 들었던 터였다. 걱정과는 달리 새벽 다섯 시부터 식당의 불은 켜져 있었다. 성에 낀 유리창 너머로 비치는 식당주인의 모습이 분주했다. 다행이라고 생각한 나는 함바식당을 지나쳐서 현장으로 발걸음을 옮겼는데, 그때 가로등빛 아래에서 일을 하는 이반장을 발견했던 것이다.
  이제 이반장은 6시 30분까지 지금 하는 일을 할 것이다. 그리고는 함바식당에서 제일 먼저 아침식사를 하고 현장에서 일꾼들을 맞을 것이다. 일이 바쁘면 식사도 대충 물 말아서 마시듯 한다는 양반이니 오늘도 그럴 것이 뻔했다.

그렇게 이반장은 성실했다. 그러나 앞서 이야기 한 현장에서의 예기치 못한 사고는 믿어지지 않았지만 그렇게 헌신적인 노력을 했던 이반장에게 찾아왔다. 사고가 나던 그날도 이반장은 일찍부터 다른 무더기의 건설폐재류속에서 유로폼의 연결핀을 골라내고 있었던 모양이었다. 문제는 그 페재류더미가 1층부터 5층까지 자재반출구로 뚫어 놓은 그 바로 아래에 위치했다는 데에 있었다. 그 아래에서 이반장이 일을 하고 있는데 그날따라 목수 한명이 일찍부터 5층에서 아래로 오비끼(각목)를 던진 모양이었다. 자재반출구로 자재를 내릴 때는 주위에 사람들을 물리고 신호에 의해서 내렸다. 그런데 그날은 그 목수가 미치지 않고서야 도저히 그런 실수를 할 일이 아니었다. 현장에서의 잠깐 방심은 크나큰 사고로 이어진다. 이번에도 잠깐의 방심이 사고로 이어진 것이다. 5층에서 아래로 던진 오비끼를 아래에서 작업하던 이반장이 맞고 그 자리에 쓰러진 것이다. 막 현장사무실에 출근을 한 나는 현장에서 들려오는 인부들의 웅성거림에 본능적으로 그들에게 뛰어갔다. 그런 현장의 상황을 내게 보고해야 하는 이반장이 오히려 사고를 당했다는 것이었다. 이반장은 벌써 누군가에게 업혀서 병원으로 갔다고 했다. 인부들의 웅성거림이 예사롭지 않았다. "사장님 이반장이 사고를 당했습니다." 목수 오야지가 내게 보고를 했다. "어디를요? 어떻게요?" 나는 당황했다. 머리를 맞고 병원으로 업혀갔다는 이야기에 사지의 힘이 빠지고 머리는 아득해졌다. 하지 말아야 할 상상까지 겹치면서 나는 내 온 몸이 떨리고 있는 것을 느꼈다. 일꾼들은 여전히 웅성거렸다. "5층에서 던진 거라는데 어떤 새끼야 거 미친놈 아냐?" "그 자식 찾아야 해." "어떤 놈인지 나오겠어?" "아니 이반장님도 그렇지 왜 그 밑에서 일을 하다가 변을 당하셨대? 사고가 날려니 참 희한하게도 나네." "근데 어느 병원으로 간 거야?" 아직 현장사무실의 총무와 젊은 기사는 출근도 안한 시간이었다. "사장님 오늘은 현장 쉬시죠. 일이 안되겠어요." 목수오야지가 당황한 나에게 이야기 했다. "제가 사람들은 돌려보내겠습니다. 그리고 이반장은 의정부 유씨가 업고 갔어요. 서울정형외과로 간다고 했습니다."

  나는 목수오야지에게 뒤를 부탁하고 이반장이 업혀간 서울정형외과로 뛰었다. 서울정형외과는 출·퇴근길에 낯이 익은 병원이었다. 서울정형외과는 뛰어서 채 십분이 안되는 거리에 있다. 병원으로 나는 뛰어갔다. 현장의 인부가 다쳐도 놀랄 지경인데 이반장이라니, 그것도 목숨이 위태로울 수 있는 사고라니 마음이 급했다. 나는 제발 목숨만은 잃지 말라고, 이렇게 허망하게 가시면 안 된다고 중얼거리면서 뛰었던 것 같다. 횡단보도의 신호등도 무시하면서 뛰어든 병원에서 나는 우선 응급실부터 찾았다. 응급실은 병원로비에 들어서자 오른쪽으로 있었다. 나는 응급실 문을 급하게 열고 들어섰다. 응급실이라고는 하지만 침대 몇 개 들어갈 정도의 조그만 공간이라 바로 이반장이 눈에 들어왔다. 다행히도 이반장의 정신은 살아있었다. 살아있는 정도가 아니라 의정부 유씨와 실랑이를 하고 있었다.

 큰 사고는 면한 듯 했다. 하지만 모자가 달린 이반장의 남색 작업복은 핏자국으로 온통 검정빛이었고 이반장의 얼굴도 핏자국으로 엉망이었다. 이반장은 왼 손으로 뒷 머리를 누르고 있었는데 아마도 상처를 임시로 지혈시킨 것 같았다. 그 옆에서 의정부 유씨가 밖으로 나가려는 이반장을 말리고 있었다. 이반장은 그 몸으로 현장에 가봐야 된다고 했다. 이반장은 유씨를 막무가내로 밀쳐내고 있었다. 나를 발견한 유씨가 급하게 허리를 굽혀서 인사했다. 그러면서 눈으로는 도움을 청했다. 이반장을 말려달라는 눈빛이었다. 그 몸으로 현장에 가야 한다니 나는 이반장의 그런 모습에 어이가 없었다. "괜찮아 암시랑토 않다니까. 놔둬 현장에 가봐야 된다니까." 이반장의 자그마한 몸 어디에서 그런 힘이 나는지 유씨가 도무지 당해내질 못하고 있었다. 나는 우선 이반장의 생명에 지장이 없다는 것에서 안도를 했다.

 이반장은 사고로 인한 충격이나 상처가 상당할 텐데 현장 걱정을 하고 있었다. 나는 현장으로 가야된다는 이반장을 유씨와 함께 잡고 "이반장님 가시긴 어디를 가요. 이러시면 안돼요. 의사선생님 말씀대로 검사도 하고 치료도 합시다. 제발 부탁입니다." 하다가 그만 눈물을 주체할 수 없었다. 이건 창피하고 말고의 일이 아니었다. 그런 나를 내려다보는 이반장의 눈이 나의 글썽한 눈과 마주쳤다. 나는 이반장의 손을 잡았다. 그리고 이반장을 올려다보았다. 나와 눈이 마주친 이반장은 알았다는 듯 자신의 몸에서 힘을 뺐다. 그리고는 유씨의 팔에 이끌려서 침대에 누웠다. 나는 이반장의 손을 말없이 다시 한번 잡았다. 이반장은 눈을 감았다.

 꾹 감은 이반장의 눈이 아픔으로 움찔움찔했다. 그제서야 간호사가 이반장의 팔에 링거를 꽂았다. 젊은 의사가 이반장 얼굴의 핏자국을 닦아내면서 뒷머리의 상처는 꿰매자고 했다. 큰병원으로 옮겨야 되지 않겠느냐는 나의 물음에 의사는 그럴 필요까지는 없을 것 같다고 했다. 일단 사진은 찍어봐야 하겠지만 지금으로 봐서는 큰 문제는 없을 것 같다고 했다. 다만 입원해서 충분히 경과는 보시는 게 좋을 것이라는 말을 덧붙였다. 가만히 있던 이반장이 눈을 뜨고는 "경과는 무슨 ,그냥 몇 바늘 꿰매줘요. 나 바빠요"라고 한다. 나는 그러는 이반장의 손을 꼭 잡으면서 눈으로 그를 말렸다. 이반장이 다시 눈을 감았다. 사람의 머리를 만지면 손의 느낌에는 뼈와 아주 얇은 피부층만이 느껴지는데 이반장의 뒷머리에 난 상처는 그런 손의 느낌과는 다르게 머리뼈를 보호하고 있는 살이 두껍게 보였다. 뼈와 두피사이로 보이는 상처는 처참했다. 이반장은 간호사와 의사에게 이끌려서 봉합수술을 하러 갔다.

 그제서야 긴장이 풀린 나는 옆에 있는 의정부 유씨에게 고맙다는 인사를 할 수 있었다. 나는 이반장의 사고경위가 궁금했다. "사장님 많이 놀라셨죠?" 하면서 이어진 의정부 유씨의 이야기를 정리하자면 대충 이랬다. 아까 그 사고현장에서 이반장이 일을 하고 있을 때 위에서 던진 오비끼가 이반장의 머리를 친 것은 맞다. 그런데 불행 중 다행이라고 마침 이반장의 작업복에 달린 털모자가 이반장의 머리를 덮고 있었기 때문에 큰 사고를 면하게 되었다고 했다. 그때 이반장이 조금이라도 고개를 들었거나 털모자가 이반장의 머리를 보호하지 않았다면 아마도 즉사했을 수도 있었다는 이야기였다. 그래서 안전모가 중요한데 현장에서는 안전모 쓰는 것을 싫어했다. 찰나의 순간에 이반장은 살 수도, 운명을 달리할 수도 있었다. 나는 떠오르는 끔찍한 상상에 크게 고개를 저었다. 나는 병원 밖으로 나와서 담배를 한 개피 피워물었다. 짧은 시간 동안 그야말로 천당과 지옥을 넘나든 기분이었다.

"저 사장님, 드릴 말씀이 있는데요." 언제 나왔는지 의정부 유씨가 옆으로 다가와서 내게 말을 붙였다. "저 그런데 사장님." "아 예 담배 좀 한 대 피우느라고요. 말씀하세요" "제가 이반장님 심부름을 해드려야 할 거 같아서요." 유씨가 조심스럽게 말을 이었다. "아무래도 이반장님 옆에 누가 있어야 될 거 같은데, 또 집에 연락하면 걱정하시잖아요. 이반장님 성격에 집에는 연락을 안하실 거 같구요. 해서요. 제가 심부름도 하면서 지켜드릴까 하고요." 나는 유씨의 말을 듣다가 피우던 담배를 대충 끄고는 그를 쳐다보았다. 이사람들은 도대체 어디에서 살다가 왔길래 이렇게 나를 감동시키는지. 나는 유씨에게 그렇게 하시라고 했다. 그는 우리 현장에 고정으로 다니는 잡부였다. 유독 이반장을 따르고 이반장도 그를 아끼는 눈치였다.

 이반장이 그렇다고 일꾼 불러놓고 대충대충 일을 시킬 사람은 아니었고 오히려 힘든 일이면 유씨를 목청껏 불렀었다. 유씨가 태권도 고단자라는 이야기를 언젠가 들었던 것 같다. 그래서 그런지는 몰라도 그는 움직임이 날렵한 사람이었다. 그런 반면에 험한 소리는 아예 입에 올리지도 않는 사람이었다. 그런 의정부 유씨가 이반장을 간병하겠다고 나서니 나는 그저 고마울 따름이었다. 이제보니 이반장이 사람 보는 눈도 있었다.

 "아 그래요. 저야 유씨가 그래주면 고맙죠." "아니예요 사장님 제가 당연히 해야죠. 걱정 마세요. 여기는 제가 있을테니까 어서 현장에 가보세요."

 "그래요 그러면 유씨가 우리 이반장님 퇴원하실 때 까지 좀 도와주세요. 섭섭지 않게 해드릴게요." " 당연히 제가 할 일인데요. 걱정마세요." "그래도 당연히 수고비는 드려야지요. 그럼 좀 부탁할게요." "예 사장님."

 그 때 사실상 이반장은 죽을 고비를 넘겼었다. 하늘이 도왔다고도 했다. 그런 이반장이 이렇게 황망히 돌아가셨다니 나는 도저히 믿을 수가 없었다.

　고속버스가 거의 여섯 시간 만에 남부터미널에 도착했다. 오전에 거제도 현장에서 출발했는데 어느 새 해가 지고 있었다. 터미널은 언제나처럼 붐볐다. 일주일 전에 이반장도 이 남부터미널에 도착했을 것이다. 그리고 집으로 가는 지하철을 탔을 것이다. 창현의 말로는 오늘 새벽 남부터미널에서 지상으로 올라가는 방향에 이반장이 쓰러져 있었다고 했다. 사인은 심장마비라고 했다. 누가 바로 응급조치를 했으면 그렇게 황망하게 돌아가시지는 않았을 것이다. 평소 이반장은 만성 폐쇄성 폐질환을 앓고 있었다고 했다. 평소 담배는 일절 하지 않는 이반장이었다. 다만 그의 숨소리는 조금 거칠었다. 기관지가 안좋아서 약을 먹는다는 이야기를 들었던 것도 같다. 워낙 부지런하고, 술 담배도 일절 하지 않는 양반이라 크게 걱정을 하지는 않았었다. 그런데 그 기관지병이 오늘 새벽에 도진 것이다. 이반장은 계단 한켠에 웅크린 채로 쓰러져 있었다고 했다.

　나는 어렵게 택시를 탔다. 창현으로부터 아버지를 강남 성모병원으로 모셨다는 이야기를 들었기 때문이었다.

　장례식장 입구에 창현이 나와 있었다. 이반장을 모신 장례식장에 3호실은 조용하고 쓸쓸했다. 창현은 장례식장에 있는 사람들에게 나를 인사시켰다. "큰아버지, 사장님 오셨어요. 그리고 어머니, 사장님이요. 그리고 큰집 형님, 그리고 동생이요. 아직 동생

신랑은 못왔어요. 야근하구 오느라고요. 나는 창현이 인사 시키는 대로 이반장의 식구들에게 인사를 했다.이반장의 형님과 이반장의 마나님은 말없이 고개를 숙였다. 창현의 큰집 형님이라는 사람만 "먼길 오시느라 고생하셨다."는 말로 나를 맞았다. 얼핏 내 또래 쯤 되어 보였다. 그리고 창현의 여동생은 눈물을 글썽이면서 내 손을 꼭 잡았다. 그 이상의 사람은 없었다. 장례식장이 너무 쓸쓸했다. 나는 현장 총무에게 전화를 했다. 우리 회사의 근조화환을 빨리 조치하고 목재점, 타일가게, 그리고 각 대마 오야지들에게도 근조화환을 요청하라고 했다.

나는 벌써 사진으로 남은 이반장의 얼굴을 보면서 이반장이 집으로 돈뭉치를 가지고 왔던 그 때를 회상했다. 그 때 나는 정말 어려운 상황이었다. 아마 가장 금전적으로 어려운 때 였을 것이다. 이반장으로부터 전화가 왔다. 일요일 오전 한 10시쯤 되었을까? 내가 집에 있는 주말에는 전화를 하지 않는 이반장에게서 전화가 온 것이다.

"사장님 시간 되시면 제가 좀 뵐라고요."

"어디신데요?"

"저 사장님네 동네 들어왔는디요."

"이 아침에요?"

"아침은요. 벌써 해가 중천인디요."

"어디세요? 그럼 제가 나갈게요. 집으로 오셔요." 문을 나서자 이반장이 서 있었다. 이반장의 오른 손에 커다란 종이박스가 들려있었다. 박스테이프로 꽁꽁 싸맨 것이 무거워보였다. 왼손에는 보자기뭉치가 들려있었다.
"사장님 이거요. 소꼬리요. 오다가 마장동 우시장에서 소꼬리 하나 샀으니까 잘 드시고 힘내셔."

"아니 이걸 반장님이 무슨 돈이 있다고."

"나 돈 있을 만큼 있어요."

"자 좀 들어갑시다."
"아니요. 저 바빠요. 참 그리고 이거." 이반장은 이번에는 보자기를 풀었다. 보자기 안에서 돈뭉치가 나왔다. 현금뭉치였다. 이천만원이라고 했다.

"사장님 이거 쓰셔. 그리구 기운 내셔. 현장은 내가 어떻게든 끌고 갈거니까. 걱정마셔, 나 바빠서 가요."

이천만원이면 이반장으로서는 전 재산을 가지고 온 것이나 다름없었다. 그는 내가 돈을 빌려달라고 한 적도 없는 나에게 무작정, 그 큰돈을 내밀었다. 어디서 돈을 구할까? 밤새 고민하고 아침잠 겨우 자고 난 후의 상황이었다. 나는 소꼬리가 들었다는 종이박스와 돈이 들었다는 보자기를 보았다. 그리고 이반장을 보았다. 나는 나의 눈시울이 붉어지는 것을 느꼈다. 돈이라는 것이 내가 없을 때는 한번 만져보고 준다고 해도 쉽지 않은 거였다. 사실 나는 여유있게 사는 작은아버지에게 도움을 요청했다가 거절을 당한 터이기도 했다. '네 작은 어머니와 의논해 보고 연락한다.'라고 하시던 작은아버지는 당연히 연락이 없었다. 당시 나는 카드깡도 해보고, 사채시장에서 고금리 사채도 쓰는 상황이었다.

그런데 생각조차 하지 않았던 이반장이 자신의 전재산을 들고 나를 찾아왔다. 나는 잠시 고민을 했다. 이 돈을 우선 빌려서 쓰자. 그리고 건축주에게서 돈이 들어오면 정말 넉넉하게 이자를 쳐서 갚자. 이런 생각들이 내 머리 속을 휘집었다. 그러나 '아무리 어렵다고 해도 이 돈이 어떤 돈인데 내가 이 돈을 받나. 이건 아니다. 그래 이건 아니다. 그저 마음만은 받겠다고 하고 정중하게 배웅하자.'로 마음을 정리했다. 나는 이반장에게 우선 고맙다고, 진심으로 고맙다고 했다. 그러면서 이 돈은 나중에 아주 나중에 혹시 쓸 일이 있으면 이반장에게 부탁하겠노라고 했다. 그런데 이반장은 막무가내였다. 심지어는 내가 죽어가면 사장님이 자기를 그냥 놔둘거냐면서 고집을 부렸다. 그는 기어코 나의 손에 돈이 든 보자기뭉치와 소꼬리가 들은 종이박스를 들려주고 갔다. 들어오셔서 차라도 한잔 하시자는 말에도 "나 바빠요."로 답하면서 종종걸음으로 집앞 골목길을 빠져나갔다.

  나는 독립해서 어려움을 겪었다. 그 중에서 돈 때문에 겪는 어려움은 어떻게 말로 표현할 수가 없었다. 현장 소장으로 있을 때야 주는 월급 받으면서 내 할 일만 하면 되었다. 그런데 독립한 후의 상황은 그렇게 녹녹하지 않았다. 계약대로 돈이 입금되지 않는다거나, 입주시키고 준공검사까지 났는데 대출이 안 나온다는 등의 이유로 공사대금이 안 들어올 때는 어떻게 해 볼 도리가 없었다. 그것까지도 양반이었다. 입주시키고 준공까지 나면 건축주가 돌변하는 경우가 왕왕 있었다. 공사의 하자를 트집 잡으면서 공사대금의 지급을 미뤘다. 한 두 푼이라야 어디서 대출이라도 받아서 해결을 하지. 전화통에서는 불이 났다. 이사장 그렇게 안봤는데 왜 이렇게 약속을 어기느냐는 전화들이었다. 아무리 어려워도 꼭 지불해야 하는 곳이 있다. 함바의 식대였다. 현장의 자금사정이 아무리 어렵다고 해도 식대를 지급하지 않을 수는 없었다. 월마다 결재를 하는데 그 금액만 해도 기천 만원이 될 때가 있었다. 그런데 그 식대조차 지급하지 못하고 끙끙거렸던 때였다. 그 때 이반장의 돈은 정말이지 최악의 상황에서 온 단비였다. 그 어려움이 장기간 지속된 것은 아니었다. 어렵다가도 좋은 공사 하나

수주하면 또 살만한 곳이 건설현장이기 때문이다. 물론 나는 이반장에게 그 돈을 갚았다. 이자는 죽어도 안받겠다며 성을 내는 통에 그에 대한 보답은 못했다. 이반장은 여러모로 나에게는 고맙고 소중한 분이었다.

아직 염은 하지 않았다고 했다. 내일 오전에 할 것이라고 했다. 나는 이반장에 대한 인사는 내일 염을 한 이후에 하기로 했다.

"사장님 아직 식사 전이시죠?"

"어 아직."

"저도 안먹었어요. 사장님 오시면 같이 먹을라고요."

"에이 먼저 먹지. 그나저나 이게 무슨 날벼락이야. 난 아직도 믿어지지가 않아."

"저도 그래요. 사장님."

"그나저나 자네가 고생이 많아."

나는 창현과 늦은 저녁을 함께 했다. 식사를 마친 창현이 여동생에게 커피를 한잔 타오라고 시켰다. 나는 커피를 천천히 마셨다. 창현은 장례식장 사무실에서 부른다고 잠시 자리를 떴다. 나는 담배를 한 대 피우러 장례식장 밖으로 나갔다. 창현의 큰집 형님이 따라서 나왔다. 그도 담배를 한 개피 피워 물었다. 말없이 내 옆에서 담배를 피우던 큰집 형님이 말을 걸어왔다.

"작은 아버지 현장 사장님이시죠. 아까 인사했던 창현이 큰집 형입니다. 우리 작은 아버지하고는 오래 되셨나봐요?"

"예, 이반장님 하고 일한 지 한 십여년 됐습니다."

"바쁘실텐데, 창현이 말로는 현장이 아주 멀다고 들었는데, 이렇게 와주셔서 감사합니다."

"뭘요. 당연히 와야죠. 이반장님이 저한테는 아주 소중한 분이세요. 그런데 이렇게 황망히 돌아가셨으니 전 아직도실감이 안 납니다."

"우리 작은 아버지 어떠셨어요?"

창현의 큰집 형님이 난데없는 질문을 했다. 자신의 작은 아버지가 어떠셨느냐는. 나는 잠시 그 질문의 내용을 곱씹었다. 이건 뭐

랄까 약간 부정적인 뉘앙스의 질문인데, 일반적으로는, 네 우리 작은아버지가 성실하신 분이셨죠. 이렇게 대화가 이어지는데 그의 질문은 이상했다. 나는 살짝 언짢았으나 비교적 정중하게 답을 했다.

"우리 이반장님, 참 성실하신 분이었죠. 책임감 강하시고, 현장에서는 없으면 안되는 분이셨는데, 저는 언제부턴가 이반장님을 집안의 장형님같이 생각했어요. 아직도 안 믿어집니다. 돌아가셨다는 게."

그가 말을 이었다. "그렇군요. 우리 작은 아버지가 그랬었군요. 그러지 않아도 창현이한테 듣기는 했어요. 사장님하고 그렇게 잘 지내셨다고요."

그런 이야기 끝에 그가 불쑥 자신의 작은아버지에 대한, 그러니까 이반장의 과거를 이야기했다. 그를 통해서 듣는 이반장의 과거는 내가 지금까지 겪어서 알고 있던 이반장의 그런 모습이 아니었다. 기어코 내게 자신의 작은아버지에 관한 이야기를 하는 창현의 큰집 형은 그 때 무슨 생각으로 그랬는지는 잘 모르겠다. 다만 나는 그의 이야기를 통해서 듣는 이반장은 내가 아는 이반장이 아닌 다른 이반장의 모습이었다. 하지만 나는 그의 이야기를 통해서 그랬었구나. 그렇게 살아오셨구나. 그런데 그런 양반이 내게는 그토록 잘하셨구나. 라는 생각이 들 뿐이었다.

　오히려 벌써부터 나는 다시 못 볼 이반장에 대한 그리움이 커지고 있었다. 그의 이야기를 정리하자면 대강 이렇다.

　지금의 작은어머니는 작은아버지의 둘째부인이다. 그러니까 창현이와 여동생 숙이의 어머니가 아니다. 작은 아버지는 창현이와 숙이를 자신의 집에다 맡겨놓고 어디론가 떠났었다. 자신의 아버지와 어머니는 여유 없는 살림에도 말없이 동생의 자식들을 맡아서 키웠다. 자신의 작은 아버지 이기영씨는 그야말로 망나니였다. 작은아버지는 걸핏하면 자신의 형님에게 돈을 해 놓으라고 난리를 피웠다. 어머니는 시동생의 그런 꼴이 보기 싫어서 집을 나가기도 했다. 그러나 아버지는 그런 동생에게 무슨 돈이든 마련해서 주었다. 그러면 그 돈을 가지고 집을 나섰다. 고맙다는 말도 없었다. 당연히 받을 돈 받아서 가는 태도였다. 그리고는 몇 년이고 소식이 없었다. 그러다가 어느 날 돌아와서는 똑같이 돈을 해 놓으라고 행패를 부렸다.

　작은아버지의 눈에는 자신이 맡겨놓은 자식도 들어오지 않았다. 자신의 형이 돈을 만들어 줄 때 까지 깡소주를 마시고, 안방에서 담배를 피워댔다. 그리고는 대자로 뻗어서 잤다. 그러던 어느 날 작은아버지가 지금의 작은 어머니를 집으로 데리고 왔다.

사랑하는 여자라고, 앞으로 같이 살 거라고. 그리고 창현과 숙이를 데리고 갔다고 했다. 그 때도 아버지는 작은 아버지에게 없는 돈 있는 돈을 마련해 주느라고 고생을 했었다. 자신은 솔직히 자신의 아버지가 동생의 요구를 무조건 들어주는 것에 대해서 어이가 없었다고 했다. 왜냐하면 그 바람에 자신과 어머니는 정말 어렵게 살았으니까.

창현이 나를 찾으러 나왔다. 내 아내가 애들을 데리고 왔다는 것이다. 현장을 나서면서 나는 집에 이반장의 별세 소식을 알렸다. 그리고 오는 중간에 한 번 더 전화를 했다. 아이들 데리고 강남 성모병원으로 오라고. 이반장 모시는데 아이들도 인사는 드려야 할 것 같다고 했다. 전화를 받는 아내도 상당히 놀란 듯 했었다. 말을 잇지 못했다. 울먹이는 소리가 들렸다. 나는 올라가서 보자는 말로 전화를 끊었다.

큰집 형은 목례를 하고 들어갔다. 창현은 나에게 "형님이 뭐라고 하시죠? 그냥 신경쓰지 마세요."라고 했다. 나는 창현의 얼굴을 보았다. 이 친구는 나에게 할 말이 없을까? 이 친구의 바로 앞에 놓인 상황 속에서 이 친구는 사실 얼마나 외로울까? 나는 창현의 손을 꼭 잡았다.

"말은 무슨, 참 동생 이름이 숙이라며?"

"예"

"아버님한테 하도 들어서 그런지 처음 봤는데도 처음 본 거 같지가 않아. 아버님 말씀대로 아주 야무지겠던데."

"아직 멀었어요. 근데 사모님까지 오시고 사장님 정말 감사해요."

"뭘 당연히 와야지. 그리고 창현, 이 장례 혼자 고민하지 말고 나하고 의논하자. 그래도 내가 힘이 되야 하지 않겠어?"

"말씀만 들어도 감사하네요. 어서 들어가시죠. 사모님 기다리셔요."

이반장의 장례 기간 내내 나는 장례식장을 지켰다. 나는 이반장의 염을 하는 데도 따라서 들어갔다. 마지막으로 대한 이반장의 얼굴은 편안했다. 나는 이반장의 가는 길에 노잣돈 쓰시라고 지폐 여러 장을 놓았다. 창현은 발인 날 이반장을 경기도 광주의 어느 사찰 근처 납골당에 모신다고 했다.

나는 납골당에 가기 전 화장장에서 본 이반장의 형님, 창현의 큰아버지 그분의 얼굴이 아직도 생생하다. 이반장의 형님은 말수가 적은 분이었다. 장례기간 내내 조용히 앉아있었다. 가끔 빈소의 동생 영정사진을 올려다볼 뿐 어떠한 참견도 하지 않고 그림처럼 앉아있었다. 그는 화장장에서 동생을 보내면서, 동생의 관이 마지막 불길로 들어갈 때 옅은 한숨을 쉬었다. 그의 눈가에 잔잔한 이슬이 맺혔다. 그는 잠시 고개를 들어서 눈물을 멈추더니 나를 보았다. 나는 그에게 목례를 했다. 그도 나에게 목례를 하는데 나는 그 때 본 형님의 표정을 잊을 수가 없다. 그 표정을 어떻게 정의할 수 있을까? 아쉬움? 안타까움? 글쎄 단순히 그런 정도의 단어로 그의 심경을 대변할 수는 없을 것이다. 그에게서는 한마디의 말도 들을 수 없었으나 나는 어쩌면 그에게서 나를 대하는 이반장의 심경을 보았는지도 모르겠다.

 나는 아직도 꿈을 꾼다. 그 꿈은 생생하다. 나는 꿈속에서 이반장을 만났다. 다만 나는 꿈속에서 그와 이야기를 나누지는 못했다. 꿈속에서 나는 김포의 어느 후미진 동네에 있는 구옥을 방문한다. 그 곳은 이반장의 숙소다. 꿈속에서 그 숙소는 내가 마련한 것으로 되어있다. 그리고 나는 김포에서 가까운 강화도 입구에 커다란 건물을 짓다가 말았다. 어떨 때는 터파기만 해 놓은 현장이 나의 현장이다. 또 어떨 때는 골조 공사를 끝낸 현장이 나타난다. 나는 그 공사를 어서 끝내야 되는데 자금이 여의치 않다. 현장은 바뀌어도 김포의 후미진 동네에 있는 구옥은 항상 그 모습이다. 바닥이 냉골인지는 알수 없으나 이반장은 겨울옷을 입은 채로 잠을 청하고 있다. 나는 꿈속에서 그를 본다. 불이나 때고 주무시는지 걱정을 한다. 그런데 나는 강화도에서 공사를 한 적이 없으며 김포와도 특별한 인연이 없다. 그런데 꿈속의 무대는 일정하다. 왜 이반장은 비록 꿈속이지만 김포에 있는 것일까? 그 동네가 과연 김포는 맞는지도 모르겠다. 다만 꿈 속에서 나는 그곳이 김포의 어느 후미진 동네로 인식하고 있었으니까. 또 강화도의 현장도 뜬금없다. 그런데 나는 어떤 날은 꿈속에서 1톤 화물차를 운전하고 있다. 새벽에 이반장을 만나서 강화도로 가는 중이다. 그러다가 나는 바다 같은 호수를 만나기도 한다. 이렇게 생생한 꿈 이야기를 하면 사람들은 귓등으로 흘리거나 개꿈이라고 했다. 그럴까?

나는 이반장의 소식을 일주일 동안 알 수 없었던 그 때가 아직도 궁금하다. 그 때는 아마도 동대문구에서 다세대주택을 지을 때였을 것이다. 그 때 이반장에게 무슨 일이 있었던 것인지. 그리고 이번에 돌아가시기 전에 전라도 보성은 왜 가시려고 했던 것인지도 궁금하다. 하지만 이제는 그 궁금증을 해소할 길은 없다. 그것보다 이제 와서, 다 늦게 이반장에게 정작 묻고 싶은 것이 있다. 지금 생각해 보면 왜 나는 그동안 이반장에게 물어보지 않았을까?
 "이반장님 왜 나한테 이렇게 잘해 주세요?" 하고 한번쯤은 물어봤어야 하는 거 아닌가?

나는 아직도 꿈을 꾼다. 이반장을 만나는 꿈이다. 비록 꿈 속이지만 언젠가는 현실처럼 만나는 때가 있을 것이다. 그 때 그동안의 궁금증을 다 모아서 물어 볼 것이다.

세면장

강원도 철원의 겨울은 올해도 어김없이 맵고 추웠다. 세면장으로 들어서는 식기당번들의 손등은 추위에 부르터서 갈라지고 얼핏얼핏 핏자국도 보였다. 손가락은 굽어서 제대로 펴지지도 않았다. 그들의 양 손에 들려진 12중대원의 식기에는 채 버려지지 못한 밥알이며 반찬 찌꺼기가 살얼음과 함께 엉겨 붙어 있었다.

 각목으로 대충 뼈대를 마련하고 새마을 천과 비닐로 바람을 겨우 막은 세면장은 언제나 춥고 아렸다. 겨울 추위로 얼어붙은 세면장의 바닥은 울퉁불퉁하면서도 미끄러웠다. 그나마 천정에 매달린 육십 촉짜리 전구에서 뿜어 나오는 한 줌의 온기가 그들의 추운 어깨를 위로하고 있었다. 그들이 식기를 한 아름씩 안고 드나들기에 한겨울의 세면장은 항상 불편하고 조심스러웠다. 전투복 안으로 동내의를 입었다고는 하지만 철원의 혹한과 마주하기에는 그들의 차림이 너무도 옹색했다. 목 뒤로부터 스며드는 한기는 그들을 더욱 몸서리치게 했다.

"으이그 춥다. 야 박재경."

"예 상병 박재경."

"술 어디있냐? 한잔 빨아야지 이거 추워서 못살겠다."

"저탄장에 짱박아 놨는데요. 몇 병 가지고 올까요?"

"새끼 몇 병이나 된다고 다 가져오면 되지. 오늘 좀 빨자. 으이그 지랄맞게 춥네."

"예 알겠슴다. 츙 다녀오겠습니다."

 중대의 식기 조장인 김상훈 상병은 세면장으로 들어서면서 바로 아래 후임인 박재경 상병에게 술심부름을 시켰다. PX 방위가 죽어도 못 판다는 소주를 박재경 상병은 무슨 재주를 부리는지는 몰라도 몇 병씩 살 수 있는 능력이 있었다. 그런 박재경 상병에게 김상훈 상병은 며칠 전부터 소주를 다섯병정도 준비해 놓으라고 일렀던 터였다. 지금 김상훈 상병은 박재경 상병에게 그 술을 가지고 오라는 거였다. 식기 당번들이 세면장에서 식기를 닦는 동안에는 중대의 왕고도 발걸음을 하지 않았다. 이는 오래 내려온 병사들만의 불문율이었다.

식기당번들이 식기를 닦는 동안 세면장은 식기당번들 만의 공간이었다. 그 공간에서 오늘은 술을 마시겠다는 것이다.

박재경 상병이 세면장을 나서자 바로 중대의 물당번들이 내무반의 뻬치카 온수통으로부터 더운 물을 날라왔다. "충" "충" 물당번들이 세면장에 들어서면서 왼손에는 더운 물을, 그리고 오른손으로는 경례를 하는데 경례를 하면서 붙이는 "충성"구호는 큰소리로 경례를 하는 통에 뒤에 "성"소리는 생략되고 "충"으로만 들렸다.

"새끼들이 빠져가지고 빨랑빨랑 안 움직여? 야 하상헌."

"예 일병하상헌."

김병천 상병이 물당번들의 군기를 잡는다. 김병천 상병의 호통에 물당번 조장인 하상헌 일병이 더운 물을 고무대야에 쏟다가 말고 부동자세로 "시정하겠습니다."를 외친다. 김상훈 상병이 김병천 상병에게 눈짓으로 그냥 보내라고 한다. 그 눈짓은 역시 물당번들에게 전달되어서 하상헌 일병을 포함한 물당번들은 서둘러서 "충" "충"경례를 하고 세면장을 바삐 빠져나갔다.

세면장은 저탄장과 더불어서 중대의 후임들에게는 공포의 공간이었다. 더욱이 중대의 허리이자 군기담당인 식기당번들이 세면장을 점령하고 있는 동안은 더더욱 그랬다. 식기담당의 아래 서열인 물당번들에게는 공포의 공간이었다. 식기 선임들은 여차하면 물당번들에게 "대가리 박아."를 시켰다.

 그리고 그들의 군홧발은 물당번들이 머리를 땅에 대고 엎드려 있는 옆구리를 사정없이 걷어찼다. 그들은 그럴 경우 물이 흥건한 세면장의 바닥으로 굴렀다. 식기당번들은 경우에 따라서는 포판 겨눔대로 물당번들의 엉덩이를 돌아가면서 내려쳤다. 절구공이처럼 생긴 포판 겨눔대는 각목보다도 더 물당번들의 엉덩이에 감겼다. 허벅지가 터지면서 그들을 그 자리에서 뒹굴게 했다.

 김상훈 상병은 소주를 기다리는 동안 담배가 피우고 싶어졌다.
"누구 담배 가진 사람?"
 담배 불출이 있으려면 아직도 일주일 이상을 기다려야 했다. 한 달에 한 보루 반씩 불출되는 담배는 불출된 지 보름을 넘어서면서 관물대에서 없어지고 이십 일이 지나면 저마다 꽁초를 찾아서라도 피우느라고 혈안이 된다. 특히나 요즘 들어서 담배피우는 낙으로 사는 김상훈 상병은 벌써 부터 담배가 떨어져서 "담배 한 대 주라."를 입에 달고 다녔다.

 "사제 담배 한 대 피우십시오." 김병천 상병이 식기 닦던 손을 대충 전투복 하의에 문지르더니 왼쪽 양말에서 꺼낸 담배 한개피를 김상훈 상병에게 상납한다. 사제담배 솔이었다. 김상훈 상병은 세면장의 나무 기둥에 비스듬히 기대서 김병천 상병이 상납한 사제담배 솔의 연기를 아주 맛있게 그리고 천천히 몸속으로 빨아들였다. 김상훈 상병의 담배연기는 세면장 안에서 한 웅큼 피어올랐다. 세면장을 둘러싼 비닐 천의 뿌연 성에가 되는가 싶더니 터진 틈으로 들어오는 칼바람에 흔들렸다. 세면장 천정에 매달린 육십 촉 전구 속의 필라멘트는 파르르 떨면서 김상훈 상병과 식기당번들이 식기 닦는 모습을 비추고 있었다.

"어 추워" 박재경 상병이 세면장으로 들어서면서 야전잠바에 감추고 온 소주병을 꺼냈다.

"수고했어."

"아닙니다. 어으흑 춥다. 김상병님 이거 딸까요?"

김상훈 상병은 추위로 몸서리를 치는 박재경 상병에게 고개를 끄덕였다. 박재경 상병이 소주병을 입으로 열었다. 그리고는 허리춤에서 라면을 한 봉지 꺼냈다. 그리고는 익숙한 동작으로 라면봉지째 아스슥 조각을 내더니 스프를 꺼내서 뿌렸다. 이 라면도 수단 좋은 박재경 상병이 취사병들을 구워삶거나 해서 준비했을 것이다. 이들의 주머니는 항상 비어 있어서 PX에서 따로 소주 안주가 될 만한 것을 살 형편은 아니었다.

"김상병님 드십시오. 여기 안주도 드십시오"

"어 수고했어 박재경"

김상훈 상병이 소주를 병 채로 들이켰다. 그리고 라면 부스러기를 한 줌 집어서 입에 넣고는 우물대다가 박재경 상병에게 마시던 소주병을 건넨다.

"아닙니다."

"새끼 까기는 그냥 마셔."

"예 그럼 감사히 마시겠습니다."

박재경 상병은 김상훈 상병이 건네준 소주병을 받아들고 고개를 돌려서 벌컥 한 모금 크게 들이켰다.

"새끼 까기는, 이게 뭐라고 고개까지 돌리면서 마시냐? 야 김병천."

"예 상병천"

김상훈 상병의 대답에 응답하는 김병천 상병의 관등성명 "예 상병김병천"이 "예 상병천"으로 들렸다.

"아까 그 사제담배 한 대 더 주라. 왜 꼽냐?"

"아닙니다. 예 알겠습니다."

김병천 상병이 식기 닦던 손의 물기를 급하게 대충 문지르고는 양말에 끼워둔 담배에서 한 개피를 꺼내는데 손이 굳어서 마음처럼 빨리 담배가 김상훈 상병에게 전달되지를 않는다.

"어 새끼 동작보지. 진짜 꼽다 이거지?"

"아닙니다. 여기 있습니다."

김상훈 상병이 한 손으로는 담배를 피워 물고 다른 한 손으로는 소주병을 들고 마시고를 반복한다. 그 사이 박재경 상병은 다른 소주병을 입으로 따서 김상훈 상병에게 대령한다. 그러기를 반복하는 사이 김병천 상병은 담배를 한 개피 더 김상훈 상병에게 상납했다. 세면장 밖의 겨울은 웅웅 칼바람소리를 내면서 매운 추위를 더해가고 있었다. 김상훈 상병이 연달아 들이킨 소주에 얼큰해져서 세면장을 나서고 그제야 식기를 닦던 중대의 식기당번들은 박재경 상병이 권하는 소주를 한 모금 씩 들이켰다.

 기껏해야 한두잔 정도의 소주라도 마실 수 있는 것은 이들이 식기당번들이니까 부리는 호사였다. 식기를 닦느라 비누 거품이 손에 가득하고 추위에 잔뜩 손이 곱고 손등이 터진 이들이 찬 물에 식기를 헹구면서도 히죽거리는 동안 내무반 쪽에서 호각소리가 들려왔다. 이어서 각 소대에서 점호 한 시간 전을 복창하는 물당번들의 소리가 들려왔다. 박재경 상병은 김상훈 상병이 그랬던 것처럼 김병천 상병에게서 받은 담배를 세면장 나무기둥에 기대어 서서 맛있게 피우다가 김병천 상병을 부른다.

 "야 김병천"

 "예 상병천"

 "소주병 잘 치우고 , 우리 똑바로 좀 하자. 새끼들 교육 좀 잘 시키고."

 "예 알겠습니다. 먼저 들어가십시오 김상병님."

 "어 그래, 잘하자 우리 엉"

그렇게 식기당번들이 세면장에서 철수하고 물당번들이 각자의 세면도구들을 들고 세면장으로 하나 둘 들어선다. 그들은 맨발에 닳아빠진 내무반용 슬리퍼를 신고 있는데 그들의 어깨는 겨울 추위에 한없이 움츠려져 있었다. 내무반에서 들려오는 일석점호 사십분 전의 소리는 그들의 마음을 바쁘게 했다. 여전히 아니 조금 전 보다도 더 철원의 겨울바람은 차고 매웠다.

전방에서 FEBA로 철수한 지 한 달이 채 지나기도 전부터 중대의 분위기가 묘하게 돌아가고 있었다. 김상훈 상병은 중대의 군기반장격인 식기조장으로서 머리가 영 복잡한 것이 아니었다. 문제는 하사들이었다. 전방에서야 각 소대별 생활이라 숫자가 적은 하사들이 선임병들에게 한 점씩 접고 생활을 했었지만 FEBA로 철수 한 뒤 중대가 함께 생활하게 되면서부터는 상황이 달라져가고 있었다. 하사들이 모인 것이다. 그들은 모이면서 자신들의 힘을 확인하고 있었다.

김상훈 상병은 철책으로 들어가기 전 일병시절의 그 때 그 내무반의 분위기를 기억했다. 그 때 일석점호 때 관물대에 있던 야삽을 집어던지면서까지 하사와 한바탕 했던 김덕수 병장은 군기교육대를 다녀왔었다. 그런 때문인지는 몰라도 하사들은 내무생활에서 조용했었고 선임들을 자극하지도 않았었다. 그리고 그 때 무심코 하사들한테 관등성명을 댔던 이등병들은 저탄장으로 불려가서 대책 없이 맞았다. 물론 그 김덕수 병장은 지금 제대하고 없었다.

 이 묵은 하사들과 병사들의 갈등이 언제부터 시작되었는지는 모르겠다. 신병들은 자대에 배치되는 날부터 선임병들로부터 희한한 지침을 하달 받았다. 하사들에게는 절대 경례를 하거나 관등성명을 대지 말 것, 하사들의 식기를 날라주거나 특히 하사들에게 사제 스푼을 주지 말라는 고참의 말에 그들은 그저 "예 알겠습니다."를 목청껏 복창했다.

 신병들은 수도 없이 저탄장으로 불려갔다. 선임들은 이유 없이 한따까리를 하고 절대 하사와는 눈도 마주치지 말라는 지침을 하달했다. 신병들은 한겨울 저녁점호 때 무조건 일찍 연병장에 나가서 대기하다가 내무반 밖으로 나오는 선임병들에게 그저 주문처럼 "충성" "충성" "충성"했다. 아직 동이 트기 전이라 깜깜할 수밖에 없는 연병장에서 그들은 하사들한테 경례했다는 죄로 저탄장에 끌려갔다.

 그들은 그들의 고참으로부터 얼굴과 배, 그리고 온 몸을 구타당했다. 그렇게 김상훈 상병이 신병으로 자대에 배치 받았을 때에도 하사와 선임병들의 갈등은 있었다. 그리고 그의 선임병들이 신병일때에도 하사들과 병사들의 갈등은 있었다고 했다.

김상훈 상병의 중대는 지난 시월에 전방에서 FEBA로 철수했다. 그리고 이곳 FEBA로 철수하면서부터 중대의 분위기가 심상치 않게 돌아가고 있었다. 누가 특히 대놓고 이야기를 하는 것은 아니었지만 무언지 모를 싸한 분위기는 마치 큰일이 한번 제대로 일어날 것만 같았다. 벌써부터 선임병들과 하사들의 주도권싸움이 물밑에서 시작되고 있음을 김상훈 상병은 군 생활의 짬밥눈치로 느끼고 있었다. 우선 하사들의 움직임이 심상치 않았다. 겉으로는 평온을 유지하고 있었지만 중대의 인사계가 따로 하사들을 집합시켜서 교육을 시키는 눈치였다. 하사들은 술에 얼큰한 얼굴로 내무반을 들락거렸다.

 아마 그들은 어디선가 소주 한잔씩을 받으면서 내무반의 장악을 위한 오더를 받고 있을 것이다. 그런 반면 중대의 왕고인 1소대 양병장은 이러한 분위기를 어떻게 하려고 그러는지 도무지 지침을 내리지 않고 있었다. 배운 티를 내느라고 그러는지는 몰라도 소설책이나 무슨 월간잡지를 읽으면서 고상한 척이나 하고 있었다. 답답한 것은 중대의 식기조장인 김상훈 상병이었다. 다음 달 병장 진급을 앞두고 있는 그는 중대의 군기담당답게 식기당번을 비롯한 그 밑의 물 당번들 까지도 확실하게 휘어잡고 있었다. 그는 김덕수 병장을 머리속에 그리고 있었다.

 후임병들을 위한 길이라면 시원하게 야삽을 한번 날리고 영창도

갈 준비가 되어 있는 그였다. 물론 김상훈 상병보다 짬밥이 위인 각 소대의 병장들이 몇 명 있기는 하지만 그는 후임병들의 군기를 잡는 식기당번 조장이 아닌가. 김상훈 상병은 지난날 야삽으로 내무반을 평정했던 김덕수 병장을 떠올렸다. 그 시절의 김덕수 병장이 그랬던 것처럼 자신도 머지않은 날에 내무반에서 제대로 하사들과 맞짱 뜰 날이 다가오고 있음을 직감하고 있었다.

이렇게 손을 놓고 있다가 하사들한테 차츰 밀릴 것이다. 선임병들의 입지는 점점 좁아질 것이다. 새파란 후임병들이 하후대에 다녀오자마자 자신들보다 짬밥이 한참 위인 선임병들에게 "담배 한 대 주라"며 덤벼들 것이 뻔했기 때문이었다.

이건 절대 안되는 일이었다. 김상훈 상병에게 이런 일은 상상도 할 수 없는 일이었다. 그런데 그 날 김상훈 상병이 걱정했던 일이 예상보다 일찍 터지고 말았다.

짬밥으로 봐서 이병장보다 한참 아래인 조하사가 당직부관으로서 당직사관을 수행하던 중 이병장에게 도발을 한 것이었다. 이병장은 양병장 다음서열 고참으로 2소대의 왕고였다. 마침 총기청소상태가 점호착안사항이라 당직사관인 2소대장이 총기검열을 하는데 그 뒤를 따르던 조하사가 이병장에게 총기를 달라는 도발을 한 것이었다. 보통 소대의 왕고는 총기검열 때는 그 자리에 서

있기만 하는 것이 12중대 저녁점호의 관례였다.

 그 날도 당연히 관례에 따라 이병장은 총기를 들지 않고 서 있었고 당직사관도 그런 이병장을 지나쳤는데 조하사가 이병장에게 총기를 달라고 한 것이었다. 순간 이병장의 표정은 일그러졌고 내무반은 긴장이 감돌았다. 당직사관인 2소대장은 모르는 듯 다른 병사를 향해 움직였다. 암묵적인 동의인지 아니면 그냥 모르는 척 하는지는 하사나 병사들 누구도 몰랐다. 그런데 이 사건은 간단한 사건이 아니었다.

 "이병장 안들려? 총기달라는 소리." 조하사가 이번에는 다그치듯 이병장에게 명령을 했다. 병사들의 시선이 그들에게 향했다. 분대장인 하사들과 선임병들의 눈이 심상치 않게 돌아갔다. 조하사가 자신보다 짬밥이 한참 위인 이병장에게 대놓고 반말을 한다? 게다가 총기검사를 하겠다고? 당직사관도 그냥 지나쳤는데? 이거 뭐지? 소대의 병사들이 긴장했다. 잠깐의 고요와 조하사의 다그침. 그런데 이병장이 일그러진 표정으로 머뭇거리다가 총기를 가지러 뒤돌아섰다. 쫄따구들은 어리둥절했고 식기당번들은 이건 아니라는 생각을 동시에 했다. 순간 누군가의 관물대 상단에 있던 야삽이 조하사를 향해 날아왔다.

 "야 조하사 이 씹새끼야. 니 눈깔에는 선임병이 좆같이 보여?" 김상훈 상병이 야삽을 날린 것이다. 김상훈 상병은 침상에서 몸을 날려서 조하사의 몸을 발로 가격했다. 그러자 김상훈 상병에게 분대장인 하사들이 달려들었다. 일대 다수의 몸싸움에서도 김상훈 상병은 밀리지 않고 저항했다. 그리고 그는 "내 밑으로 다 나와 이 씹새끼들아" 하는 소리를 질렀다. 이에 식기당번이며 물당번들까지 달려들어서 삽시간에 내무반은 아우성이 되었다. 김상훈 상병이 침상으로 다시 튀어올라서 소총을 집어 들고 개머리판을 휘두르며 "이 씹새끼들 다 죽여버린다."고 악을 썼다. 김상훈 상병의 눈에 핏발이 섰다.

그 김상훈 상병의 기에 눌려서 하사들이 물러서고 한 무더기로 엉켜있던 침상 아래가 멈칫했다. 조하사의 뒷머리에서 피가 났다. 김상훈 상병의 입술은 터지고 얼굴은 누군가의 군홧발에 맞았는지 심하게 부어있었다. 김상훈 상병이 다시 한번 개머리판을 휘두르면서 다 죽여버린다고 악을 쓰는데 입 안에서 피가 한 움큼 씩 터져 나왔다. 당직사관인 2소대장은 초임소위이기 때문이기도 했겠지만 삽시간에 일어난 대형사고 앞에서 어찌할 바를 모르고 호각만 불며 "소대 동작 그만"을 외치고 있었다. 그래도 그는 장교였다. 그는 정신을 가다듬고 다른 소대에서 달려온 하사들과 선임병들의 2소대진입을 차단하였다. 그 바람에 더 이상의 사고는 없었다.

연락을 받은 중대장이 달려왔다. 중대장은 병사들이 보는 앞에서 2소대장의 조인트를 깠다. 그리고 화가 머리끝까지 난 중대장은 전 중대원을 중대 연병장에 집합시켰다. 중대원들은 완전군장을 하고 두 시간 넘게 연병장을 뺑뺑이 돌았다. 뒤통수에 상처를 입은 조하사와 얼굴이 퉁퉁 부은 김상훈 상병은 중대장의 성질머리에 무방비로 노출되었다. 그리고 다음 날 아침 식사도 하기 전에 김상훈 상병과 조하사는 사단영창으로 끌려갔다.

조하사와 김상훈 상병이 사단영창으로 떠난 12중대의 아침, 내무반에는 적막이 흘렀다. 조하사 입장에서야 의도된 도발이었겠지만 병들이 이렇게까지 저항하리라고는 생각 못했을수 있다. 다른 선임병들 중에서 중대의 왕고지만 온순한 이병장부터 기를 잡고 차츰 다른 선임병들의 군기를 잡겠다는 의도가 있었을 것이다. 그런데 이렇게 김상훈 상병이 세게 나올 줄은 몰랐었다. 물론 이날 김상훈 상병이 이렇게 세게 나온 것에는 아까 세면장에서 조금 알딸딸하게 마신 소주가 영향을 미친 면도 있었을 것이다. 아직은 김상훈 상병의 식기당번들과 물당번들이 그들만의 군기로 뭉쳐있었다.

내무반 권력을 짬밥대로 유지하려는 선임병들이나, 내무반 권력을 계급대로 행사하려는 하사들의 일합은 일단 선임병들의 승리라고 볼 수 있었다. 아직은 하사들이 내무반권력을 계급대로 행사하기에는 선임병들의 기득권이 완강했다.

양병장은 페치카 옆에 누워서 담배를 피웠다. 다 피운 담배꽁초를 페치카에 대충 비벼서 끄고는 침상 아래로 던졌다. 관물대의 모포를 꺼내서 베게삼아 비스듬히 누웠다. 아직도 제대하려면 두 달이나 남았다. 가을에 입대해서 벌써 세 번째 겪는 철원의 겨울이다. 제대하면 철원 쪽으로는 소변도 보지 않는다고 한다. 어쩌다 이 산골 철원땅에 배치되고 그 중에서도 중화기중대에 배치가 되었는지, 돌이켜보면 끔찍하고도 막막한 시간이었다.

양병장은 신병으로 배치되고 며칠이 지나서부터 여차하면 저탄장에 끌려가서 맞았다. 어떻게나 모질게 패는지 침을 뱉으면 한웅큼씩 입에서 피가 나왔다. 얼굴은 붓고 안쪽은 양파껍질 같이 너덜너덜 해졌다. 맞는 이유는 몰랐다. 집합 하라면 달려가서 부동자세로 섰다. 눈깔 돌린다고 때리고, 복창 소리 작다고 대가리 박아를 시켰다. 새끼들이 빠져가지고를 귀에 이명이 생기도록 들었다. 고참들이 군기가 빠졌다고 하면 빠진 것이었다. 말귀를 못알아 들으면 "씨발년이 귓구멍에 좆대가리를 박았냐?"는 소리를 들으면서 맞았다. 꼭 이자식들은 후임병들에게 년소리를 했다. 물당번 조장인 임일병은 어디서 구해왔는지 벌겋게 녹이 슨 철근토막으로 엉덩이를 내려쳤다.

양병장이 부대에 전입하고 제일 처음 받아 든 것은 고참 서열이었다. 육십 명이 넘는 인원을 맨 위에서부터 외워야했다. 외우는 것도 외우는 것이지만 이름과 얼굴을 같이 외우는 것이 문제였다. 그래도 무조건 빨리 외워야 했다. 선임병의 순서를 알아야 취사장에서 선임병 순서대로 밥을 담은 식기를 배달할 수 있었다. 양병장이 부대에 빨리 적응하는 여부는 선임병서열을 빨리 외우는 여하에 달려있었다. 그 선임병들은 취사장에서 앉아서 식기를 받았다. 여기서 말하는 선임병이란 각 소대의 왕고쯤 되는 병장들이다.

 그들은 식사를 할 때도 사제스푼으로 식사를 했다. 사제스푼으로 밥을 먹는다고 무슨 다른 게 있을까마는 그들은 그렇게 했다. 그들에게는 PX에서 사온 고추장이 제공되었다. 그리고 그들의 군화는 물당번들이 닦았다. 그들은 내무반에서 담배를 피울 수 있는 특권도 누렸다. 그들은 삐당에게 라면을 끓여오라고 시키기도 했다. 이건 왕고에게만 해당되는 것이기는 했다. 그들은 겨울 밤 따뜻한 뻬치카 옆에서 삐당이 끓여다 주는 라면을 먹었다. 물론 그들의 뽈수통에는 소주가 잔뜩 담겨있었다. 그들은 소주를 한잔 곁들였다. 그러다가 바로 아래 병장을 깨웠다. 혹은 식기조장을 깨웠다. 그리고는 뽈수통의 소주를 한잔씩 권했다. 기분 좋은 날이면 중대본부 행정실에서 상황근무를 하는 당직부관도 불렀다. 당직부관은 소주를 한잔 받아 마시고는 바로 돌아갔다.

 양병장이 배치된 중대는 중화기중대였다. 일반 소총 중대보다

인원이 작아서 그랬을 것이다. 양병장은 중대서열 전체를 외웠다. 그리고 소대서열을 외웠다. 양이병은 비교적 고참서열을 빨리 외웠다. 그런 만큼 양병장은 자대생활에 빨리 적응했다.

  배하사가 양병장 옆에 슬쩍 엉덩이를 붙였다. 양병장이 그런 배하사를 무심히 쳐다봤다. 배하사는 김상훈 상병하고 동기다. 김상훈 상병은 중대의 허리라고 하는 물당번의 조장이다. 배하사는 하후대를 다녀왔으니 하사 계급장을 어깨와 왼쪽 가슴에 부착한 이른바 하사이다. 하사 중에서는 막내격이고, 그는 어디에선가 하사 고참들에게서 한따까리를 당했을 것이다.

  그런 배하사가 양병장을 찾아왔다. "양병장님 제 담배 한 대 피우세요." 양병장은 배하사의 담배를 받아 물었다. 그리고 페치카 한 옆에 있는 유엔팔각성냥을 하나 뽑아서 불을 당겼.

"담배 맛 좋은데, 있으면 아주 갑채 놓고 가지."

  배하사가 "그러죠 뭐" 하면서 담배를 꺼내서 양병장에게 전달한다. 배하사가 일어선다. 배하사는 무언가 말을 할 듯 하다가 다시 주워 담는 듯 했다. 다만 배하사는 "양병장님 제발 제대 좀 하세요." 하고 소대 내무반을 나섰다. 그런 배하사를 무표정하게 바라보던 양병장이 담배를 한 개피 더 꺼내서 물었다.

배하사는 철책에 있을 때 하후대에 다녀왔다. 하후대로 떠나기 전 당시의 배상병은 양병장을 찾아왔었다. 비록 소대는 달랐지만 양병장은 배상병을 아꼈다. 양병장은 시무룩한 배상병을 위로하고자 부식창고에 짱박아 놓았던 소주병을 모조리 내놨다. 그날 양병장과 배상병은 밤 늦도록 술을 마셨다. 소대장은 그런 그들을 모른 척 했다.

양병장은 담배를 피우면서 김영필 하사 생각을 했다. 김영필 하사는 양병장보다 한 기수 아래 군번이었다. 당시의 양이병은 소대는 달랐지만 불과 3주 만에 받은 후임병이 신기했다. 당시의 김영필이병은 짙은 눈썹이 인상적이었다. 키도 크고 건장했다. 다만 그는 신교대에서 다쳤는지 절뚝거렸다. 양이병은 김영필 이병을 페치카 뒤 굴뚝으로 데리고 갔다.

3주 먼저 자대에 왔다고 그새 눈치가 생긴 양이병이었다. 양이병은 잠자코 따라오던 김영필 하사를 페치카 굴뚝 옆에 세우더니 굴뚝에서 벽돌을 하나 뺐다. 그리고는 굴뚝에 손을 넣어서 비닐 포장된 빵을 두 개 꺼냈다. 팥 소가 들어있는 스타빵이었다.

"먹어 배고플거야." 김영필이병이 양이병과 스타빵을 번갈아보더니 양이병에게 꾸벅 고개를 숙이고는 스타빵을 허겁지겁 먹었다. 양이병도 함께 스타빵을 먹었다. 달고 맛있는 빵이었다. 이곳 철원에서의 군생활은 배고픔과의 전쟁이기도 했다. 취사장에서 밥을 먹고 돌아서면 벌써 배가 고팠다. 양이병은 이런 빵은 한번에 열 개라도 먹을 것 같았다. 양이병은 휴가를 나가게 되면 이런 빵을 잔뜩 사다놓고 이틀이고 사흘이고 먹겠다고 마음먹었다.

 페치카 굴뚝에서 벽돌 하나 정도의 공간이 양이병만 아는 양이병의 비밀스러운 창고였다. 아직은 페치카를 가동하기에는 일렀다. 페치카를 가동하기 전 까지는 양이병만의 공간이었다.

 같은 이병이라도 양이병은 바로 위 선임과 6개월 이상 차이가 났다. 말하자면 중대에 6개월 만에 신병이 배치된 것이다. 아무리 군기가 센 곳이라도 자대 입대 일주일은 일도 안시키고 마치 어린애를 대하듯 한다. 고참들은 PX가는 길에 스타빵이라도 사서 신병에게 던져준다.

 그런 대우라도 받았던 양이병에 비해서 불과 3주 만에 배치된 김이병은 양이병 만한 대우를 받지 못했다. 게다가 그가 배치된 3소대에서는 모처럼 받은 신병이 절뚝거리고 있으니 갑갑한 상황이었다. 그래서 고참들은 김이병을 모질게 대했다. 그리고 그는 일병 달자마자 분짱요원임이 중대에 알려졌다.

 누가 어떻게 그런 사실을 알게 되었는지는 모르겠다. 하지만 저 새끼는 상병 달면 하후대를 갈 것이고 그로부터 두 달 반이 지나면 자대로 하사계급장을 달고 올 것이다. 그러니 저 새끼는 아주 초장에 길을 들여야 한다는 생각이 팽배했다. 김일병은 걸핏하면 어디론가 끌려가서 맞고 왔다. 그의 얼굴은 부어 있는 날이 많다. 양일병의 눈에 김일병은 항상 우울해 보였다.

 일석점호 시간이었다. 양병장은 평상시처럼 일석점호를 받았다. 배하사가 양병장에게 총기를 달라고 했다. 양병장의 표정이 일그러졌다. 양병장은 잠시 멈칫하다가 총기를 꺼내서 배하사에게 건넸다.

 "총기번호?" 배하사가 양병장에게 관등성명과 총기번호를 말하라고 했다.

 내무반에 정적이 흘렀다. 당직사관인 김소위는 이 상황을 모르는 체 했다. 양병장은 감히 배하사가 나한데? 이 새끼가? 양병장은 화를 참느라고 잠시 호흡을 가다듬었다. 그러다가 침상에서 훌쩍 뛰어올라 배하사를 향해서 날랐다. 양병장이 배하사의 배 위에서 그의 얼굴을 향해 주먹을 휘둘렀다. 배하사가 몸부림을 치더니 양병장을 밀치고 일어섰다. 그리고 양병장의 얼굴을 강타했다. 김소위의 호각소리가 삑삑 울렸다. 동작그만, 동작그만

 "씨발 전쟁이야. 이런 좆같은 씹새들이 으아아아악, 내 밑으로

다 집합 씨발 좆도 이 하사 새끼들 다 죽여."

 양병장이 허우적거리다가 눈을 떴다. 불침번이 양병장을 내려다보고 있었다.

 "양병장님 꿈 꾸셨습니까?"

 "어? 으응 후우 아니다. 야 물 한잔만 갖다주라."

 "예 알겠습니다."

 양병장은 몸을 일으켰다. 그리고 불침번이 주는 물을 벌컥벌컥 들이켰다. 그리고는 자리에 누웠다. 좀처럼 잠이 오지 않았다. 지난 이병장과 조하사의 사건 이후에 양병장은 아직 이렇다할 움직임을 보이지 않고 있었다. 하사 쪽에서는 중대 인사계를 필두로 하사 왕고참인 김영필 하사는 하사들을 더욱 내몰고 있었다. 선임병들을 더욱 갈구라는 것이다. 그래서 선임병들의 기세를 아주 밟아 버리라는 명령을 내리고 있을 것이다. 선임병과 하사의 오랜 갈등에서 저들은 계급으로 선임병들을 누르려는 것이다.

 양병장은 후임병들의 눈에서 무언가 자신의 강한 입장을 듣고 싶어 한다는 것을 알고 있었다. 자신들을 집합시켜서 하사들의 조직적인 움직임에 강력하게 대항할 의지를 표명해 달라는 것을 잘 알고 있었다. 오늘 자신을 찾아왔던 배하사는 하사들이 조만간 자신에게도 도발을 해 올 것을 예견하고 있었다. 어쩌면 인사계나 김영필 하사가 조하사에게 양병장을 점호시간에 조지라는 명령을 했는지도 몰랐다. 그래서 그런 상상과 고민하는 끝에 양병장이 이런 악몽을 꾸게 되었는지도 몰랐다.

일조점호가 끝나고 아침 식사집합 전에 양병장은 박재경 상병을 불렀다. 중대왕고의 호출에 박재경 상병이 헐레벌떡 달려왔다.

"충 부르셨습니까? 양병장님"

"야 너 요즘도 집에서 면회 자주 오냐?"

"네 그렇습니다. 요번 주에도 오기로 했습니다."

박재경 상병은 집에서 면회를 자주 왔다. 훈련이 있어서 외박을 못나가는 경우 말고는 거의 매주 박재경 상병은 외박을 나갔다. 그래서 그의 별명은 장교님이었다. 장교는 매주 토요일에는 영외로 나갔으니까. 박재경 상병의 말에 의하면 가족들이 이번주에도 면회를 온다는 것이다.

"박재경 부탁이 있는데 좀 들어줘야겠다."

"예 상병 박재경, 말씀하십시오."

"너 이번에 집에서 면회 오면 나랑 김영필 하사랑 면회신청 좀 해주라."

"네 두 분을 말입니까?"

"그래. 내가 김영필 하사랑 나가서 같이 할 얘기가 있어. 소주라도 한잔 하면서 얘기하려고 그러니까. 네가 어렵겠지만 힘 좀 써주라."

"네 알겠습니다. 양병장님 그럼 가보겠습니다."

"어 그래 담배 한 대 필래?"
"아닙니다. 그럼 집에 이야기 해 놓겠습니다."

 면회를 못나가는 병사들은 가끔 이렇게 면회자의 도움으로 외박을 나가기도 했다. 그 도움을 이번에는 양병장이 받기로 했다. 양병장은 우선 하사 왕고참인 김영필 하사와 같이 외박을 나가서 허심탄회하게 이야기를 해볼 심산이다.

양병장은 취사장에서 막 식사를 끝낸 김영필 하사에게 담배 한 대 피우자고 했다. 김영필 하사는 양병장을 한번 보더니 선뜻 따라나섰다.

"야 누가 여기 김하사님 식기 챙겨라." 양병장은 주변의 후임병들에게 김영필 하사의 식기를 챙기라고 했다. 식기를 챙긴다는 것은 식기에 남은 짬밥을 짬밥통에 버리고 식기당번에게 주라는 이야기의 다른 말이다.

양병장은 취사장 뒤편에서 김영필 하사에게 솔 담배를 한개피 건넸다. 그리고 그 담배에 불을 붙여줬다. 김영필 하사가 양병장을 쳐다봤다. 여전히 그의 눈은 깊고 컸다.

"김하사 이번 주말에 와수리 나가서 소주나 한잔 하자구. 박재경이한테 집에서 면회 오면 우리도 면회신청 하라고 시켰어. 혹시 당직부관 같은 거 하게 되면 다른 날로 돌리라고."

양병장의 이야기를 가만히 듣고 있던 김영필 하사가 찬찬히 양병장을 보더니 고개를 끄덕였다.

"좋지 그러지 뭐."
그렇게 양병장은 하사 왕고인 김영필 하사와 주말에 함께 외박을 나가기로 하였다. 악몽을 꾼 양병장이 나름대로 낸 고육지책이었다. 누구에게도 도움이 되지 않는 선임병과 하사의 이런 갈등, 싸움을 양병장은 원하지 않았다.

어차피 국방부시계는 돌아가게 되어 있었다. 게다가 이제 한 달 반만 지나면 양병장은 이 지긋지긋한 철원땅에서 해방이다. 사회인으로 돌아가는 것이다. 말년에는 떨어지는 낙엽도 조심하라고 하지 않았던가. 양병장은 김영필 하사와 대강의 합의를 할 생각이었다.

모처럼 나온 와수리의 거리는 외박 나온 병사들을 들뜨게 했다. 다방과 당구장과 술집과 여관, 그리고 식당들이 훈련에 찌든 병사들의 기분을 끌어올렸다. 아무리 악독한 선임병도 와수리에 나오는 순간 착한 양이 되는 마법이 있다. 와수리에서는 담배인심도 좋았다. 바지 주머니에 손을 찌르고 모자는 삐딱하게 썼다. 그리고 담배를 꼬나 물었다. 이병이나 일병들이야 아직은 가족들과 식당에서 밥을 먹느라고 바빴지만 상병쯤만 되어도 그들은 가족들을 서둘러서 돌려보냈다. 그리고 그들은 다방에서 커피를 한잔 마셨고, 당구장에서 갬빼이(복식경기)를 쳤다. 그들의 주머니는 모처럼 두둑해서 저녁이면 밤이 깊어지도록 소주잔을 기울였다. 요령있는 병사들은 다방레지를 꼬셔서 여관방으로 갔다.

양병장과 김영필 하사는 우선 중국집으로 들어갔다. 양병장과 김영필 하사는 간짜장 곱배기 두 그릇과 탕수육을 시켰다. 그리고 빼갈도 시켰다. 식전에 그들은 빼갈을 한 잔씩 목으로 넘겼다. 목을 쏘는 듯한 빼갈 한잔에 그들은 "크어"하며 양파에 춘장을 찍어서 씹었다. 아직도 김영필 하사는 말이 없었다. 평소에도 말수가 적은 그이기는 했다.

"김하사는 원래 말이 그렇게 없어?" 양병장이 말하면서 김영필 하사의 얼굴을 보았다.

"무슨, 나두 필요한 말은 해. 왜?"

원래는 김영필 하사가 신교대 기수로 한 기수 아래지만 그래서 양병장이 고참이지만 김영필 하사가 신교대를 다녀오고, 양병장이나 김영필 하사가 각각 왕고들이 되다보니, 그들은 어느 순간 자연스럽게 말을 놨다. 양병장이나 김영필 하사나 동기가 없기는 마찬가지여서 양병장은 김영필 하사를 동기쯤으로 생각할 때가 많았다. 고참들에게 맞아도 같이 맞았던 둘이었다.

"김하사 이렇게 처음이지, 이렇게 와수리에서 같이 술잔을 기울이고 좋네"

"그러게 좋은데, 역시 나오니까 좋아"

"후임병 때는 후임병이라서, 그리고 전방을 들어갔으니 그 때는 아예 이렇게 외박조차 나올 수가 없었지. 그나마 우리가 선임병씩 이나 되니까 이렇게 나오네."

"그래두 양병장은 집에서 가끔 면회 왔었쟎아."

"그건 그렇지. 후임병때 몇 번 이지만"

"난 그것도 없었네."

"그랬나? 그런데 벌써 이렇게 시간이 갔어. 아 그 임영철 일병, 그 자식 뻑하면 내 팬티까지 훔쳐가는 통에 나 참 고생 많이 했네."

"양말은 안 훔쳐갔고?"

"말도 말어, 이자식이 뻬치카에 널어놓으면 슬쩍 가져가는거야. 그리고 지꺼래."

"나두 그 임일병한테 그렇게 많이 당했어. 난 그 자식한테 돈도 뜯겼어. 내가 무슨 돈이 있다구 뻑하면 빌려 달래. 그리고 없다고 하면 이자식이 저탄장에 끌고 가서 때리는 거야."
"아 김하사도 그 자식 한테 당했구나. 나는 나만 당한 줄 알았었네."

"뭐 그래도 지금은 그런 놈은 없잖아."

"없겠지. 없어야지. 가뜩이나 군 생활 하는 것도 서러운데. 참 김 하사도 한 두달 남았지?"

"정확하게 두 달 하고 일주일 더. 양병장은 한달 반 밖에 안남 았잖아."

"그러게 벌써 그렇게 세월이 지나갔네."

이제 봄이 되면 이들은 더 이상 철원땅에 없을 것이다. 3주 간격으로 이들은 중화기중대 12중대를 떠날 것이다.

그날 양병장과 김영필 하사는 밤늦도록 소주잔을 기울였다. 김영필 하사도 말문이 터지니까 제법 많은 말을 했다. 그리고 그들은 적어도 자신들이 전역할 때 까지는 중대가 조용할 수 있도록 노력하기로 약속을 했다. 그리고 그들은 하사건 병장이건 짬밥대로 대우해 준다는 것에 합의하였다. 그 외에도 잔잔한 것들에 대한 이야기가 있었으나 별 중요한 것이 아니기에 여기서 이야기하지는 않겠다.

그리고 양병장에게 소득이 있다면 하사들의 배후에 김영필 하사가 있었던 것이 아니고 인사계가 있었다는 사실을 알게 되었다는 것이다. 인사계가 중대장과 소대장들에게 자신의 영향력을 잠재적으로 과시하고 싶어했다. 그래서 자신을 비롯한 하사들을 들들 볶았다는 것이 김영필 하사의 이야기였다. 자신도 말년에 사고치지 않고 조용히 제대하고 싶다고 김영필 하사는 긴긴 술자리 끝에 이야기했다.

  양병장과 김영필 하사가 소줏잔을 기울이던 그 때 중대에 사고가 발생했다. 상관 폭행에 살인미수죄까지 적용될 큰 사고를 얌전한 이병장이 치고 말았다. 이들이 미리 이야기하고 나가지 않은 것이 불찰이었다. 아니 이들이 서로 부딪히지 말라고 당부를 했어도 술에 쩔은 중대 인사계가 하사들을 불러놓고 "너 이새끼들 왜 군기 안잡냐?"라고 성화를 했고 그래서 일이 터졌을 수도 있었다.

  저녁점호에서 당직부관이었던 배하사가 또 이병장을 몰아세운 모양이었다. 지난 번 조하사의 도발에 이어서 이번에는 배하사까지, 중대의 차고인 이병장을 도발한 것은 아무래도 하사들의 무리한 처사였다. 그때 이병장은 배하사의 도발을 그대로 받아들였다고 했다. 배하사가 총기를 달라고 할 때 이병장은 떨리는 소리로 관등성명까지 댔다고 했다. 그 모욕적인 상황을 이병장은 그대로 받아들였다고 했다.

다른 병사들보다 몸집이 작고 평소에 욕설 한번을 하지 않는 양순한 그였다. 그러나 그 조그만 몸으로도 100키로 행군할 때 포다리를 꼬박 매면서도 포기하지 않던 그였다. 그런 그가 어떤 독한 마음을 먹었었는지 사건의 전후를 듣고는 이해가 갔다. 그는 심야에 잠자는 배하사를 찾아가서 그의 머리를 총기의 개머리판으로 찍었다. 불침번이 이병장을 말리지 않았다면 배하사는 자칫 즉사할 수도 있었다. 불침번이 말리고, 배하사가 피를 흘리면서 겨우겨우 몸을 일으켰다. 이병장이 몸을 뒤로 물리면서 총의 방아쇠를 장전했다. 그의 총에는 탄창이 끼어져 있었다.

"내 밑으로 움직이지마, 씨발 하사새끼들 움직이지마 내가 오늘 다 죽인다. 알아?"

이병장의 악쓰는 소리가 내무반에서 내무반으로 퍼져나갔다. 긴장의 순간이었다. 당직사관인 1소대장이 행정반에서 달려왔다.

"움직이지마 씨발, 소대장 너도 빠져 이 씨발놈아. 니가 소대장이야? 내가 씨발 이 12중대 차고야. 그런데 벌써 두번째야 못참아. 씨발 나도 죽고 다 죽는다 알아? 움직이지마 움직이지마."

당직사령인 본부중대장이 허겁지겁 달려왔다. 일촉즉발의 위기였다. 여차하면 이병장이 발사한 총알에 여러 명이 사망에 이를 수 있는 상황이었다. 본부중대장이 흥분한 이병장을 달랬다.

"야 이병장 나랑 이야기하자. 지금 이대로 내 말 들으면 내가 최대한 너 정상참작 해 준다. 너 말년에 빨간 줄 안가게 해 준다. 이병장. 그리고 내가 너 알아.네가 오죽했으면 이렇게 까지 하겠냐. 이병장 그래 나랑 이야기하자. 다른 놈들은 꼼짝 말고 있어."

다행히도 본부중대장의 설득으로 이병장이 누그러졌다고 했다. 이병장은 일요일 아침 일찍 사단 헌병대로 끌려갔다. 그리고 개머리판으로 머리를 맞은 배하사는 포천국군병원으로 이송되어 갔다고 했다.

점심 전에 대대 위병소에 도착한 양병장과 김영필 하사는 이병장과 배하사에 관한 소식을 듣고 머리에서 벼락 치는 소리를 들었다. 결국 하사와 병사들 간의 해묵은 갈등에 대해서 이들이 할 수 있는 일은 없었다. 눈이 내렸다. 갑자기 하늘에서 많이도 내려온다. 멀리서 "각 소대 제설작업 집합."이라는 소리가 들려왔다.

그 남자의 시대

고사장이 왔다. 평소 연락이 뜸하던 그가 소식을 전해 들었다며 전화 한 통 없이 불쑥 나의 건축현장을 찾은 시간은 낮 열두시쯤이었다. 작업반장의 안내로 현장사무소에 들어서는 그의 왼손에는 묵직한 건축도면뭉치가 들려 있었다. 그의 갑작스러운 등장은 반갑거나 아니거나를 떠나서 나를 당황스럽게 하기에 충분했다. 마침 융자 건으로 현장 실사를 나온 거래은행의 대출담당과의 미팅을 마치고 점심식사를 하러 막 나가려는 중에 등장한 고사장이었다. 당황한 나는 이렇게 연락 없이 불쑥 찾아온 고사장을 반갑게 맞이할 수는 없었다.

그를 맞는 내 표정에서 못마땅한 구석이 보였는지 고사장을 안내한 작업반장이 내 눈치를 살폈다. 나는 그를 수고했다는 말로 안심시키고 표정을 고쳐서 고사장을 맞았다. 고사장의 작지만 다부진 인상과 체격에서 오는 카리스마는 여전해서 수고가 많다며 나의 오른손을 잡는 그의 표정은 잠시나마 못마땅했던 나를 압도하고도 남음이 있었다.

고사장은 은행의 대출담당에게도 악수를 청하며 어느 지점장을 아느냐, 어느 건설의 아무개사장을 아느냐는 등의 질문으로 자신의 어색한 등장이 마치 예정에 있었던 일인 것처럼 분위기를 바꿔 나갔다. 그리고는 나를 지칭하며 "우리 이사장 잘 좀 도와주시라"는 이야기를 하기 까지 그의 거침없는 행동은 은행의 대출담당이 손님과 식사하시라면서 먼저 자리를 뜨게 하는 결과마저 가져왔다. 물론 나에게 무언가 할 이야기가 있어서 온 것이지 은행 대출담당과의 점심식사를 방해하러오지는 않은 고사장인지라 서둘러서 자신은 신경 쓰지 말고 어서 나가서 식사를 하고 오라고 말렸지만 대출담당은 벌써 현장사무소의 문을 나서고 있었다.

그렇게 은행 대출담당을 보낸 나는 짜증이야 났지만 차마 내색은 못하고 그를 우선 식사나 하시자고 현장 사무소 밖으로 안내했다. 고사장은 설렁탕 한 그릇으로 자신과의 점심을 때우려던 내가 마치 일식집이라도 모시려는 것으로 착각한 듯이 과장된 몸짓으로 그냥 인부들 먹는데서 간단히 하자고 했다. 떡 줄 사람은 생각하지도 않는데 참 이 양반 어이없다. 그는 모처럼 인부들과 밥을 먹으면 옛날에 현장 돌리던 생각도 나고 좋을 것 같다고 했다. 그러면서 그는 내가 생각보다 큰 현장을 돌리고 있어서 대견하고 기분이 참 좋다는 덕담 겸 인사도 챙겼다.

"현장 기사할 때부터 싹수가 보이더니 우리 이사장이 결국은 일어섰다."면서 사람 낯부끄럽게 "처음부터 눈빛이 살아있었다"는 등의 말을 그는 함바식당으로 가는 내내 주절거렸다. 연락 없이 바쁜 사람에게 불쑥 찾아온 것은 그만두고라도 과거의 일을 생각하면 이렇게 나를 아무 일도 없었던 것처럼 찾아와서 천연덕스럽게 대할 수 있는 고사장의 넉살에 나는 어이가 없었다. 그러나 심드렁하기는 했지만 고사장을 그래도 정중히 대하고 있는 나 자신도 어이없기는 마찬가지였다.

나는 세월이 그만큼 흘러서 그에게서 받은 상처가 아물고 이제는 자국만 조금 있을 뿐 그 자국을 건드려도 지금처럼 아프지 않는 그런 것이면 다행이라고 생각하기로 했다. 나는 고사장에게서 미움도 반가움도 느끼지 않고 있었다. 그만큼 세월이 많이 지난 것 때문이기도 할 것이었다. 고사장은 오른손에 들려있던 도면뭉치가 무거웠는지 이따가 따로 이야기하자며 들고 있던 건축도면 뭉치를 한걸음 뒤에 오는 내게 안겼다. 그리고는 마치 인부들의 식당을 여러 번 이용한 사람처럼 앞서거니 뒤서거니 걸어가는 인부들을 따라서 나보다 먼저 함바식당으로 발걸음을 옮겼다. 그에게서 도면뭉치를 넘겨받은 나는 앞서가는 고사장의 뒷모습을 보면서 그의 대단했던 한때를 떠올리기보다는 그의 몰락했던 시간을 떠올리고 있었다.

대광주택건설의 대표이사인 고사장이 결국은 부도를 내고 말았다고 했다. 고사장이 위험하다는 소리에 제법 근거 있는 내용들이 더해지면서 사람들 사이에서는 이제 예정된 수순으로 인식되던 터였다. 너무 일을 벌였다거나, 결정적으로는 연립주택의 분양이 반도 안 되었으니 버틸 수가 없을 것이라는 이야기까지 사람들의 불안한 시선은 꼬리에 꼬리를 물고 있었다.

 심지어는 고사장이 노름을 한다거나 여자관계가 복잡하다는 등의 좋지 않은 소문들까지 부도의 전조는 고사장 건축인생의 정점에서 끝모를 추락의 순간까지 달려가고 있었던 것이다. 그래도 고사장의 능력을 믿어 의심치 않을 사람들이 있어서 고사장의 부도는 절대 없을 것이라는, 한줄기 실낱같은 희망의 소식이라도 사람들에게 들려줄 법도 하건만 그건 희망에 불과했다. 결국에는 부도를 내고 말았다는 소식을 접한 사람들은 밀려드는 불안감과 좌절감에 휩싸여 어찌할 바를 모르고 허둥댔다.

 당시 대광연립의 분양사무실에서 숙식을 하면서 하자보수공사를 전담하던 나 역시 고사장의 부도소식에 사지에 힘이 빠지고 앞이 캄캄해져서 그냥 그 자리에 주저앉아 애꿎은 담배와 소주부터 찾았던 기억이 생생하다. 세상이 끝난 것 같았다. 밀린 월급 몇 달 못 받는 그런 문제가 아니기 때문이었다. 고사장의 부탁에 거절 못하고 담보로 내어준 내 부모님의 집은 어떻게 될 것인가. 처가에서 할인해 온 고사장의 당좌수표는 휴지조각이 될 것이며 잘나가는 오너에게 잘 보이고 한번 커보려 했던 내 젊은 날의 어리석음은 이제 나 하나의 고통을 넘어서 나와 나의 가족과 내 부모님을 고통스럽게 할 것이었다.

처가에서는 사위에게 차마 책임지라는 소리도 못하고 끙끙 앓을 것이기도 했다. 불안했던 일이라 부도소식을 전해들은 나는 소리 한번 내지 못하고 그 자리에 털썩 주저앉아 덜덜 떨리는 손으로 담배부터 찾았으며, 불안감에 술 없이는 잠을 못 이루던 터에 사다 놓았던 소주병을 잔에 따를 것도 없이 벌컥벌컥 들이켰었다. 안주 없이 들이키는 술임에도 아무리 마셔도 취하지 않는 그 미칠 것 같았던 정신은 나를 아득한 절망의 나락으로 떨어뜨리고 있었다.

그러나 그 고통은 시작에 불과 했었다. 분양대금을 납입하고도 고사장이 차일피일 미루는 통에 아직 등기를 넘겨받지 못한 대광연립단지의 입주민들과 미분양세대에 전세입주한 사람들은 집단적인 패닉상태에 빠지면서 급기야는 그들의 이성마저도 마비되어서 어떤 불상사가 날지 예측조차 못할 지경이 되어갔다. 자칫 잘못하면 그들의 전 재산인 분양대금과 전세보증금이 날아갈 지도 모른다는 불안감과 충격에 쓰러지는 사람, 신발 신을 새도 없이 우는 아이를 들쳐 없고 무작정 뛰는 사람, 홧김에 자신의 세간이며 현관을 마구 부수는 사람까지 그들의 반응은 절망적인 심사를 대변하고 있었다.

 그들의 예측 못할 불상사의 피해자는 아이러니하게도 내가 되고 말았었다. 고사장이 부도를 냈으니 우선 분양사무실에 있지 말고 단단히 잠그고 그곳을 떠나라는 현장소장의 연락을 듣고도 우선 나 자신이 수습이 안 되어서 절망하는 사이에 엎친 데 덮친 격으로 이성을 잃은 대광연립의 입주민들에게 포로 아닌 포로까지 되어 그들의 성난 분풀이를 대신 당했던 것이다. 어이 없는 일이었다. 그들은 부도 소식에 우는 아이를 달랠 겨를도 없이 들쳐업거나 손을 잡고 삼삼오오 서울사무실로 달려갔었다고 했다. 그러나 그곳은 휴지조각이 되어버린 고사장의 당좌수표와 약속어음을 들고 연신 담배만을 피워대는 업자들과 밀린 건설임금을 받으려는 인부들의 소란으로 아수라장이 되어 있었다고 했다.

 고사장은 물론이고 분양사무실에 있던 사람들이나 상무요 전무라는 사람들 모두 자취를 감추고 없었다고 했다. 그들은 어서 고사장을 찾아야 했으며 빨리 그들의 등기를 넘겨받아야 했다. 그들은 급했으나 고사장은 물론이요 그와 연락이 닿을 법한 회사의 누구와도 접촉이 안 되었다. 점점 밤은 깊어지고 그들의 불안감이 더해갈 무렵 그들 중의 한두명이 내가 있는 분양사무실의 불빛을 발견하고 그들을 이끌어 내게 왔다, 그들은 나를 보자마자 떼로 달려들었다. 무작정"고사장 어딨어. 고사장 찾아내 이 도둑놈들아 사기꾼들아."울부짖으며 다짜고짜 나의 멱살을 잡고 흔들어 댔다. 그들은 무조건 고사장이 어디 있는지 대라고 했다.

"나쁜 새끼들."이라며 어디선가 주먹이 날아 왔다. "우리집 어떻게 할거냐."면서 어느 아주머니는 나의 티셔츠며 팔을 물어뜯었다. 그 당시 나는 그들에게 대광주택이었고 고사장이었다. 나는 무어라 대꾸할 겨를도 없이 그들에게 무작정 얻어맞았는데 그러는 와중에 누군가가 이러다 사람 잡겠다고 하는 소리를 어렴풋이 들으면서 나는 순간 정신을 잃었던 것 같다.

그 와중에서도 나는 사람들에게 짓밟히고 있었다. 이렇게 억울할 수는 없었다. 그들보다 더한 피해자가 고사장을 대신해서 그들의 화풀이대상이 되는 상황을 만약 고사장이 목도한다면 그는 어떤 심정이며 어떤 말을 할 수 있을까. 그러나 대광연립의 성난 입주자들로부터 받은 폭력으로 인해서 나는 괴로운 나의 마음을 그 순간만이라도 잊을 수 있었으니 나와 대광연립의 입주자들은 서로가 서로를 각각의 방식으로 위로했던 것 같다. 그렇게 고사장이 부도낸 첫날의 긴긴밤은 지나가고 있었다.

식당은 만원이었다. 먼저 자리를 잡은 작업반장이 나와 고사장을 발견하고 벌떡 일어서서 안내한다. "아줌마 여기 사장님 상 두 분이야. 잘 차려드려."하는 작업반장에게 고사장이 흐뭇한 표정을 짓는다. 고사장이 자리에 앉아서 식당을 한번 둘러보는데 그 얼굴에서 나는 만감이 교차하는 고사장의 표정을 발견했으나 딱히 무어라 건넬 말도 없고 해서 그냥 모르는 듯 시선을 돌렸다.

 그리고 식당의 왁자지껄한 소음에 나와 고사장은 별 말없이 서로 많이 드시라거나, 반찬이 제법 잘나온다는 이야기를 주고받으면서 식사를 시작했다. 옛 부하직원의 공사현장에 찾아와서 지금 맛있게 조기새끼 한 마리를 손으로 맛있게 발려먹고 있는 고사장에게도 소위 잘나갔던 시절이 있었다. 작달막한 체구지만 풍겨져 나오는 카리스마는 정말 대단했었다.

 택시기사나 하던 그가 비록 처가의 도움이었다고는 하나 그만한 그릇이 되었으니 한번에 칠팔십 세대씩 다세대주택이며 연립주택을 분양하는 건설업자가 되었을 것이었다. 그의 성공은 불과 몇 년만에 이루어진 것이었고 그런 속도대로라면 조만간 아파트 건설도 시작할 태세였던 것이다.

 당시의 고사장에 비하면 지금의 나는 아직 걸음마라고나 할까. 정말이지 고사장이 한번 현장에 뜨면 그 위세는 대단했다. 현장을 돌아보는 그의 뒤에는 상무이사며 전무이사에 현장소장은 물론이고 각 분야의 업자들까지 줄을 섰었다. 가끔씩 지적하는 현장의 잘못된 사항은 세상이 거꾸로 가는 일이 있더라도 고쳐져야 했고 그 지적하는 위엄이라는 것은 절대적이었다. 당시 그는 현장기사인 나의 롤모델이었고, 영웅이었다. 그가 한번 내 어깨를 툭 두드리며 고생한다는 말을 던진다든가 혹은 회식이라도 하라고 내려주는 용돈을 받는 날이면 얼마나 감격스러웠는지, 그는 사람을 휘어잡는 무엇이 있었다.

고사장이 자기 어음을 할인해 쓴다든가 심지어는 종로5가의 사채업자들을 만나러 다닌다는 이야기들을 사람들이 수군거려도 설마 부도야 나겠느냐고 애써 위안했던 나였다. 건축사업을 하다보면 일시적인 자금부족이야 있을 수 있으며 정 분양이 안 되면 대출을 더 일으켜서라도 끌어갈 수 있다던 고사장의 말을 누구보다도 신뢰했던 나로서는 대광연립의 입주자들로부터 집단 폭행을 당한 것 보다 그로부터 사전에 단 한마디의 부도에 대한 언질도 듣지 못한데서 오는 배신감에 이를 갈았다.

나도 자신들과 같은 고사장의 피해자라는 말을 누군가 들었는지 대광연립의 입주자들은 분양사무실에 널브러져 있는 나를 더 이상 괴롭히지 않았다. 연락이 안 되는 남편을 찾아 왔던 아내는 눈물바람만 하고 돌아갔으며 고사장과 먼친척뻘인내 아버지는 몸져누웠다고 했다. 나는 매일 소주병만 비웠었다. 부도를 내더라도 측근에게는 미리 알린다는데 그렇게 부도로부터 배제된 나는 고사장의 측근도 아니었으며 그냥 그의 소모품이었다. 그걸 알기에는 당시의 내가 너무 어렸었다.

 고사장의 부도이후 일주일이 더 지나서 만난 현장소장은 나만큼이나 초췌해 있었다. 그는 고사장이 경리 보던 미스리와 새벽에 튀었다고 했다. 부도 액수가 워낙 엄청난 것을 보면 아마도 미리부터 작심하고 준비한 듯하다고도 했다. 아마 돈은 좀 챙겼을 것이니 답답하더라도 기다려보아야 하지 않겠느냐고 했다.

 고사장의 고향 친구라는 현장소장도 나만큼은 물린 상태였다. 말은 안해도 눈치로 보아서 짐작할 수 있는 일이었다. 고사장은 대출을 일으키면서 측근들의 부동산을 담보로 금융권에 제공했었다. 회사와 그에 대한 충성의 척도를 그것으로 평가하겠다는 고사장의 요구에 많은 사람들은 자신의 집이나 부모님의 집이며 땅이며고 사장에게 갖다 바쳤다. 아무리 회사에 대한 충성의 척도로 삼겠다고 하지만 보증을 서는 자식은 낳지도 말라는 속담이 있듯이 쉬운 일은 아니었다.

 여기서 고사장의 능력이 유감없이 발휘되었는데 부동산을 제공한 사람에게는 상당한 현금을 따로 챙겨주는 당근책도 썼다는 것이다. 그뿐 아니라 현금유동성에 문제가 생기자 그는 자신의 당좌수표나 약속어음을 할인해 오게 하였다. 물론 그 사람들은 중간에서 이자 몇 푼 따로 챙기는 맛도 있었겠지만 지나서 보면 다 그게 제살 깎아먹기였었다. 그 당시 고사장은 우선 부도로부터 벗어나고자 나름의 몸부림을 쳤던 것 같다.

처음부터 작심하고 주변사람들을 이용했겠는가마는 연립주택의 분양이 계획대로 안 되고 돈은 딸리다 보니 그렇게까지 한 것일 것이다. 사채라는 것도 손대다 보면 그 이자에 이자가 꼬리를 물어서 결국에는 감당 못할 상황이 된다는 것을 나와 현장소장은 알면서도 그래도 우리의 고사장이기에 무슨 대책은 세웠을 것이라고 믿고 싶었다. 현장소장이 기다려보아야 하지 않겠냐는 이야기는 그런 의미였을 것이다. 현장소장은 어렵게 순대국밥을 넘기다 끝내 눈물을 보이고 말았다.

평상시 어디 학교선생님하면 딱 좋을 분이 현장생활을 한다 싶었던 터였다. 꽤나 점잖고 정이 많은 분이라 평소 마음으로 따랐던 분이었다. 그동안 그의 마음고생이 어떠했는지 그의 눈물을 보면서, 그의 꺼칠하고도 초췌한 모습을 보면서 이심전심으로 느껴져서 나도 그만 주먹만한 눈물을 흘리고 말았었다. 그래도 현장소장은 내게 고생한다며 돈 몇 만원을 쥐어주고 또 보자는 말을 남기고 떠났다. 그는 그 이후 연락이 끊겼으며 폐인이 다 되었다는 이야기만 바람결에 들을 수 있었다. 한 사람의 잘못된 판단과 헛된 욕심이 얼마나 많은 사람들을 힘들고 고통스럽게 할 수 있는지

나는 고사장의 부도를 보면서 사무치게 느끼고 있었다.

"이사장 왜 이렇게 못 먹어"하는 소리에 고사장의 밥그릇을 보니 그의 밥그릇은 벌써 비워져 있었다. 찰나처럼 지나가는 기억들이지만 그 부도의 기억들이 너무도 생생해서 잠시 내가 정신을 놓았었나 보았다. 적당히 수저를 놓는 것을 본 고사장이 "현장사무실 말고 어디 가서 차나 한잔 하자."고 했다. "자네 바쁘면 관두고, 뭐 할 이야기도 좀 있어서"라는 그의 말에 나는 그러시자며 현장 건너편의 지하 다방으로 그를 안내했다.

'기왕 지난 일이고 이제는 다 잊어버린 과거의 일 아닌가. 기왕 차나 한잔 하자는데 까짓 그렇게 하자.'나는 어쩐 일인지 그에게 관대해지고 있었다. 지하다방의 계단입구에서 부터 맡아지는 약쑥냄새라고 하기에는 역한 냄새가 싫어서 웬만하면 가급적 현장사무실에서 사람들을 만나온 나였다. 그렇다고 딱히 달리 갈 곳도 없었고 젊은 아이들이나 다닐 법한 카페는 음악이 시끄럽고 작업복을 입은 채로 드나들기에도 불편했다. 오랜만에 와 본 다방은 한산했다.

손님인 듯한 남자와 한가롭게 TV를 시청하던 깡마르고 화장이 진한 여자가 무덤덤하게 나와 고사장을 다방 안쪽 자리로 안내했다. 털썩 자리에 앉아서 담배를 우선 한 개피 피워 문 고사장이 엽

차를 내려놓고 차 주문을 받으려는 여자에게 쌍화차 두 잔을 시켰다. 기왕이면 몸에 좋은 쌍화차를 자네도 먹으라며 허허대는 그의 씩씩함은 예나 지금이나 여전했으나 세월 앞에서는 이 양반도 어쩔 수 없는 모양인지 처음 볼 때나 방금 전 식당에서 마주했던 다부진 그 고사장이 아닌 환갑 즈음이라고 하기에는 너무 늙어버린 영감님 한분이 내 바로 앞에 앉아 있었다.

세월은 그랬고 지난 그의 풍상은 그를 이렇게 늦게 했을 것이다. 웃는 입 사이로 언뜻언뜻 이가 빠진 잇몸마저 드러내는 그의 처량함은 과거의 대단했던 그의 모습과 대비되면서 어찌된 일인지 내 마음마저 흔들고 있었다.

고사장의 부도 이후 그동안의 내 행적도 이쯤에서 밝혀야 할 것 같다. 그러나 그동안 내가 오늘에 이르기까지 얼마나 고생을 했는지 구구절절 늘어놓을 생각은 없다. 왜냐하면 오늘의 내 모습은 고생과 그 고생을 극복하기 위한 노력과 적당한 운과 세월의 결과일 것이니 말이다. 다만 내가 여기서 밝히고자 하는 것은 지금껏 나의 성장은 고사장의 교훈에서 기인한 것이라는 것이다. 적어도 성장가도의 고사장은 냉철했으며 승부사 기질도 있었고 눈에 보인 먹잇감은 끝까지 물고 늘어졌었다. 바로 옆에서 본 그는 그랬다. 나는 고사장이 되기로 했다. 고사장이 성공의 지점에 도달하기까지는 옳았었다고 믿은 때문이었다.

적어도 나는 그렇게 생각했다. 정신을 차린 나는 측근들을 사지로 몰아넣는 그런 것 말고는 고사장을 닮도록 노력했으며 신기하게도 그 선택은 길고 기나긴 터널을 빠져 나오느라 모진 고생을 했을 나를 구했으며 결국은 일어서게 했다. 거짓말처럼 연결되는 공사와 5년 주기로 찾아오는 빌라의 호황기는 결코 우연이 아니었던 것이라고 나는 믿는다. 세상에 아무리 정신 빠진 놈이라도 자신을 그 엄청난 불행의 끝자락으로 떨어뜨린 사람이 찾아왔는데 이렇게 맨정신으로 덤덤하게 맞을 수 있는 데에는 세월이 한참 지난 이유 말고도 그만한 이유가 있었던 것이다. 고사장이 그런 나의 내면을 알고 모르고는 물론 다른 문제이지만 아무튼 나와 고사장은 곰팡내와 한약을 달이는 냄새가 썩 내키지 않는 다방에 마주앉아 있었다.

 주인여자가 가져온 쌍화차는 잣과 대추와 계란 노른자를 품고 있었다. 신기하게도 그 실한 쌍화차 한잔에 한결 마음마저 여유로워진 나에게 고사장은 아까 자신이 건네준 도면을 보라고 했다. 도면을 한 장 한 장 넘기는 나를 바라보는 고사장의 눈이 빛났다. 그리고 고사장의 말투는 거만해지기 시작했다. 그러나 먹잇감을 던져주고 사냥감의 반응을 보는 사냥꾼의 눈빛이라고 하기에는 고사장은 너무 늙었으며 그 허접한 먹잇감을 물기에는 내가 그리 만만하지 않았다. 고사장의 도면은 몇 번이나 복사를 했는지 선명하지 않았다.

지방 중소도시의 모텔건축도면이었다. 토목 공사 도면도 있는 것으로 보아 총공사비로 따지자면 몇 십억을 훌쩍 넘기는 큰 공사의 도면이었지만 알 만한 사람은 다 아는 실현가능성 제로의 도면이었다. 게다가 나는 그 도면을 본 적이 있었다. 민망할까봐 건성이지만 도면을 훑어보는 척이라도 하는 나에게 고사장은 그쪽 일을 봐주는 믿을 만한 사람에게서 나온 공사도면이라고 했다.

견적이야 몇 군데서 받겠지만 웬만하면 밀어줄 수 있다고 한다며 고사장 자신이야 은퇴한지도 좀 되고 감도 떨어졌으니 자네가 해보라고 했다. 여기까지야 뭐 그냥 호의로 받아들이면 되겠지만 다음에 나올 이야기가 문제였다. 당연히 다음 이야기는 그쪽 일을 봐 주는 사람에게 우선 인사부터 하고 여유 있으면 아주 확실히 해 두게 현금 좀 지르자는 이야기가 나올 차례였다. 고사장이 이렇게 망가졌나? 이건 아닌데, 이쯤에서 바쁘다고 일어서야 하는 거 아닌가. 잠시 동안 들었던 그에 대한 연민마저도 거두어들이는 상황에서 고사장은 뜻밖의 이야기를 했다.

"내가 미친 놈이지?"

"아니 미쳤다니요?"

"아니야 내가 미쳤지. 자한테 내가 이러면 안 되지. 그거 여러 번

손 탄 도면이야. 자네도 보면 알지?"

 나는 그의 말에 아무런 말도 할 수가 없었다. 그러나 나의 침묵은 그런 정도는 알 수 있다는 의사표시였다. 그는 말을 이었다.

 "그냥 용돈 얻는 것 보다는 그래도 도면이라도 내놓는 게 모양은 되는데 말이야. 거두절미하고 나 용돈 좀 주게" 차라리 솔직하긴 했지만 이렇게 대놓고 돈을 요구하는 고사장을 나는 어떻게 해야 하나. 한방 얻어맞은 기분이었다.

 나는 그의 느닷없는 공격에 거절도 못하고 주춤했다. 다행히 작업반장으로부터 현장에 좀 와보셔야 되겠다는 전화가 나를 대신해서 고사장을 상대했다. 하지만 기왕 시작한 공격의 끈을 그는 늦추지 않았다. 엉거주춤하는 나에게 그는 더도 말고 한 백만원만 해달라고 했다. 그러면서 자신은 시간 괜찮으니 어서 현장에 다녀오라고 했다.

 고사장이 전라도 어느 섬에서 사채업자에게 잡혔다고 했다. 부도내고 잠적한 지 무려 열달 만이었다. 사람들은 고사장이 얼마간의 돈은 챙겼을 것으로 알고 적어도 눈물로 호소하면 자신의 돈만은 반, 아니 그반에 반만이라도 해줄 것이라고 믿었다. 그리고 그들은 사채업자가 미리 고사장의 돈을 다 채면 어쩌나 걱정하기까지 했다. 그러나 고사장은 완벽한 빈털터리였다고 했다. 고사장은 재판에 회부되어 결국은 형을 살게 되었는데 후일을 도모하기는 커녕 변호사를 선임할 최소한의 돈도 따로 챙겨놓지 못한 고사장의 그 무모함에 사람들은 절망할 수 밖에 없었다.

경리를 보던 미스리와 도망갔다던 소리도 풍문일 뿐이었으며 팔순 다되어가는 고사장의 노부모가 어떻게든 그를 구하려고 이리저리 다닌다는 말은 들렸지만 돈 없이 팔십 다 되어가는 노인네들이 할 수 있는 일은 면회 말고는 없었다고 했다.

현장사무실에는 내가 시공하고 있는 빌라를 구경하러 온 아내와 아내의 손님들이 있었다. 현장 사무실로 막 들어서는 나에게 아내가 반색을 하면서 이야기 했다.

"당신 손님 만나러 나갔다고 해서 그냥 기다리려고 했는데 왔네. 당신 알지? 우리 원장님 사모님 미경이 하고 여기는 미경이 같은 모임하는 언니. 당신 이거 다음에 시작할 빌라사업에 투자하겠다고."
"집을 잘 지으시네요. 허락 없이 구경 먼저 했어요."

"허락은요. 조금 일찍 왔으면 제가 안내해 드리는 건데. 당신은 전화를 좀 하지 그랬어?"

허리 숙여 인사하는 그녀들의 눈에서 빛이 났다. 공사 중간쯤에 이미 분양이 다 끝나서 분양사무실마저도 필요 없는 우리 현장이었다. 그녀들은 나에게 투자하기로 마음먹고 있는 듯 했다. 고사장만 나타나지 않았다면 오늘은 아주 기분 좋은 날이었다. 아까 방문했던 은행의 대출담당도 호의적인 반응이었다. 내 아내의 표정은 마냥 신랑이 자랑스럽고 행복했으며 자신 있어 보였다. 현장의 작업소리는 경쾌하게 들렸으며 간간히 들려오는 작업반장의 목소리에는 한껏 힘이 들어 있었다. 아내 일행을 배웅하면서 내가 아내에게 내 대신 손님들 맛있는 것 대접하라고 하는데 아내가 입을 삐쭉하면서 놀린다.

'짠돌이가 저런 말도 할 줄 아네. 맛있는 거? 설렁탕이나 대접하라고?' 하는 놀림이다.

현장의 인부들이 작업을 마치고 현장을 떠나자 현장은 조용해졌다. 작업반장과 기사도 작업복에서 일상복으로 갈아입고 아직 퇴근하지 않는 내 눈치를 보고 있다. 나는 지금껏 지하의 다방에서 나를 기다리고 있을 고사장에게 가지 않고 그들에게 술 한잔 사겠다는 제안을 한다. 나는 고사장에게 가지 않을 것이다. 돈 백만원 때문이 아니다. 그가 뻔뻔스럽게 나를 찾아왔고 역시 뻔뻔하게 나에게 돈을 요구해서도 아니다. 어쩌면 고사장은 내가 그 다방에서 나오자마자 바로 자신이 왔던 곳으로 가버렸는지도 모른다.

고사장의 시대는 화려했으나 그 화려함의 뒤끝은 화려함으로 위안하기에 너무도 고통스럽고 사람들을 황폐하게 했었다는 것을 너무나도 잘 알고 있는 나는 지금 고사장의 시대에 살고 있는지 아니면 나의시대를 만들어 가는지 혼란스럽다.

나는 나의 시대를 만들어 가고 있다고 생각했으나 오늘 고사장의 등장은 아직도 내가 고사장의 시대에 살고 있다고 이야기하고 있었다. 다만 내가 고사장에게 백만원을 건네지 않은 것은 나의 배수진이었으며 만약 내가 고사장에게 그가 요구한 돈 백만원을 건넨다면 그건 내가 고사장에게 "나는 당신의 시대를 살고 있소."라고 이야기하는 것일 것이다.

다음날 아침 지하다방 주인의 손에 들려서 온 고사장의 모텔 도면에는 쌍화차 두 잔에 대한 청구서가 올려져있었다.

1987년, 성대 앞

교통순경의 호각소리가 들려온다. '삑삑' 급박하게 거리를 쏘아대는 호각 소리는 성대 정문으로 이르는 거리의 사람들에게는 특별한 신호다. 대로에서 성대로 들어가는 진입로의 양편 상가를 두드리는 이 호각소리는 학생들의 데모가 시작될 것임을 알리는 신호다. 이 거리에서는 학생들이 데모를 할 기미가 보이면 교통순경이 가장 먼저 나타난다. 그리고 그들은 거리의 양편에 주차되어 있는 차량부터 정리한다. 데모가 시작되면 데모하는 쪽이나 진압하는 쪽 모두에게 길가에 주차된 차량들이 영 성가시다.

'삑삑' 호각 소리가 점차 그 급박함의 농도를 더해가면서 거리에 주차된 차량들이 신속하게 빠져 나간다. 이쯤 되면 상인들은 각자의 가게 문 밖으로 얼굴을 내밀고 학교 쪽과 대로 쪽을 번갈아 쳐다보게 된다. 영락없이 학교 쪽에는 학생들이 정문 앞에 모여서 구호를 외치면서 적정(?)을 탐지하고 있다. 대로 쪽에는 전경들이 차츰 그 수를 늘리면서 데모진압 작전을 준비한다. 그러는 사이 학교로 올라가고 또 대로로 그만큼씩 내려오던 사람들이 자취를 감춘다. 그들은 거리의 양 끝에 발이 묶이거나, 거리의 양 옆 골목으로 재빨리 잦아들었을 것이다.

 매장이 일곱 평 남짓한 '명륜체육사'의 주인인 정규는 성대 앞에서 겨우 삼년 장사를 하는 동안 데모에는 소위 이골이 났다. 특히 올해가 더 심했다. 정규는 마침 테니스라켓을 팔기 위해 무진장 애를 쓰고 있었다. 그래서 그는 밖을 내다볼 틈이 없었다.

 "아저씨 삼천 원만 더 빼 주세요. 성대생 특별할인이라고 써붙이셨지만 그 가격이면 어디서나 살 수 있는거 아니에요?"

 "허 참 학생, 이건 백프로 그라파이트요. 싼 거 저 보급형 라켓하고는 달라요. 학생이 더 잘 알잖아요. 그러지 말구 내가 서비스로 손목아대 하나 줄게요."

 "아뇨. 손목아대는 있고요. 네, 잘 봤어요." 학생은 미련 없이 체육사를 나갔다. 정규는 개시할 뻔한 손님을 그렇게 놓쳤다.

 이 장사도 이젠 좋은 시설 다 갔나 보다. 손님들이 장사하는 정규보다 물건 값을 더 잘 알고 야멸차게 잘도 깎는다. 진입로 초입의 선물가게랑 호프집, 화장품 할인 코너, 안경점, 책방, 보세옷가게, 신발 상설할인매장까지 그 가게들의 앞에 주차된 차들을 부지런히 내쫓으며 올라온 교통경찰이 대로와 학교의 중간쯤에 위치한 정규네 '명륜체육사'의 문을 빼끔히 열고 물어본다.

"요 앞 5010호 아저씨네 차요?"

"아뇨."

교통경찰은 정규네 차가 아닌 것만 확인하고 문 밖의 5010호 앞에서 몇 번 호각을 불어대다가 학교 쪽으로 올라간다. 거리에 5010호 말고 다른 차는 이미 없다.

다른 때 같으면 지금쯤 공방전이 시작될 텐데 어째 조용하다 싶어 정규가 '과T, 동아리T단체주문 환영'이라고 써 붙인 문을 열고 밖을 내다보았다. 체육사 우측 전봇대 밑에서 과일 노점상을 하는 나리네 부부가 리어카 위에 진열했던 사과와 딸기, 철이른 참외 등을 다시 상자에 옮겨 담고 있다.

철시 준비다. 저거 진열하는 데도 시간 꽤나 걸렸을 텐데 나리 엄마가 부은 얼굴로 궁시렁거리고, 나리 아빠는 무표정했다. 그 옆에서 핫도그 노점을 하는 김씨가 학교 쪽을 걱정스럽게 바라보다가 밖으로 나와선 정규에게 아는 체를 한다.
"오늘은 크게 하려나 봐. 애들이 꽤 많아. 오늘 무슨 대회가 있었나?"

"글쎄 꽤 많은데 저쪽 보라고. 전경들도 무척 많아."

정규와 같은 건물에 세든 분식집 정사장이 언제 나왔는지 옆에서 거든다.

"오늘 다른 학교 학생들도 모인다구 했어. 아침 식전부터 학교로 많이 올라갔다네. 아무래 도 오늘 장사는 허탕 칠 모양이야. 김형 핫도그는 좀 팔았나?"

핫도그 김씨가 가스불을 끄면서 말했다.

"팔기는요, 이 반죽 좀 보세요. 그대로예요. 가뜩이나 날씨가 더워서 핫도그를 안 먹는데 오늘은 반죽 그대로 버리는 건 고사하구 리어카 보관료도 어렵겠어요."

핫도그를 튀기는 기름은 가스불을 꺼도 식으려면 오래 걸리고, 또 열을 올리려고 해도 시간이 오래 걸린다. 또 매일 해 가지고 나오는 반죽은 그날 못쓰면 버리게 된다. 오늘같은 날은 아예 기름이나 반죽을 죄다 버렸다고 생각해야 한다. 김씨는 인근 공원에서 핫도그 장사를 하려다가 그곳의 노점상들 텃세에 밀려서 이곳 정규네 명륜체육사 앞까지 오게 되었다. 정규는 김씨를 처음 본 날을 기억한다.

그러니까 신학기 개강하던 그 주의 화요일쯤이었지 싶다. 정규의 명륜체육사 바로 옆은 미용실인데, 김씨는 그날 미용실 앞에다 슬쩍 리어카를 대고 장사를 시작할 참이었다. 그는 미용실 문을 힐끔거리면서 햄을 꺼내고 튀김통에 기름을 채우는 등 어물쩍 장사 준비를 하고 있었다. 그런 모습이 마침 문 밖을 내다보던 정규의 눈에 띄었다. 저 사람 하필이면 미용실 앞을 택했네. 불벼락을 칠텐데. 아니나 다를까 미용실 여자가 나와서 잔뜩 신경질을 부렸다.

"아니 아저씨, 누가 우리 가게 앞에서 장사하랬어요? 말도 없이, 이런 무경우가 어딨어. 당장 옮기세요. 난 기름 냄새도 못 맡는단 말예요. 별일이야. 빨리 옮기세요."
미용실여자가 따발총 쏘듯이 말을 뱉더니 획 미용실로 들어갔다.

김씨는 잠깐을 그대로 서 있었다. 그러다가 그 자리에서 장사하는 것은 어렵겠다 싶었는지 슬쩍 리어카를 정규네 체육사 쪽으로 끌고 왔다. 정규는 그와 눈이라도 마주칠세라 얼른 체육사 안쪽으로 몸을 옮겼다. 정규는 김씨의 장사를 모른 척 하기로 했다. 가끔

말동무나 하게 잘됐다 싶기도 했다.

정규는 그날 핫도그 김씨의 대단한 핫도그 공세에 홍역을 치렀다. 마침내 장사를 시작한 핫도그 김씨는 오전 내내 치워라 마라 는 등의 반응이 없자 이제는 자리를 잡았다고 생각한 모양이었다. 그는 갓 튀겨낸 핫도그에 케찹까지 듬뿍쳐서 시도 때도 없이 그저 인사만 꾸벅하고 가게 안으로 집어넣었다. 처음 한 두 개야 "장사 하셔야 될 걸 주시네요." 하고 받았던 정규였다. 하지만 그의 물량 공세는 계속 이어졌다. 장사 끝 무렵에는 집에 가서 드시라는 말과 함께 핫도그를 한 보따리 내미는 데에는 두 손 두 발 다 들고도 남을 지경이었다.

김씨는 며칠 전부터 냉차장사로 바꿔야겠다고 말해오고 있었다. 날씨가 더워지면서 핫도그가 안팔리는 탓이었다. 학교쪽에서 학생 이삼십 명이 선두의 선창에 따라 구호를 외치면서 내려오고 있다. 대로쪽 전경들은 아직 움직임이 없다. 오늘은 삼십분에서 한 시간이면 끝나는 싸움이 아닌 것 같다. 그런 싸움, 그런 데모라면 벌써 시작했어야 했다. 정규와 과일 노점을 얼추 정리한 나리 아빠, 핫도그 김씨, 분식집 정사장은 거리의 양쪽을 번갈아 보며 똑같은 생각을 했다.

"기왕 할 거면 빨리 하고 장사나 하게 하지."

성대 앞에서 장사를 하는 사람들은 일년 내내 걱정으로 산다. 학생들 방학철에는 손님 없어 걱정, 개강철에는 데모 때문에 장사 못해 걱정이었다. 그렇게 걱정을 하면서 한 해를 보내고 또 보낸다. 그래서 그런지는 몰라도 이 거리의 상인들은 데모가 웬만큼 격렬해지지 않는 이상 여간해서 셔터를 내리지 않는다.

정규가 성대 앞에 체육사를 차린 얼마 후의 일이었다. 신학기 개강에 맞춰서 개업을 했으니까 학기초의 일일 것이다. 정규는 첫 데모를 겪게 되었다. 처음 눈 앞에서 펼쳐지는 데모 앞에서 정규는 당황했다. 어찌할 바를 몰랐다. 그런데 정규와는 달리 이웃 상인들은 느긋했다. 의아했다. 정규는 이렇게 학생들이 물밀듯이 내려오고 금방이라도 최루탄이 발사될텐데도 그들은 그저 덤덤하게(지금 생각해 보면 덤덤하게라는 표현보다는 답답한 표정으로가 나을 듯싶다.) 데모의 광경을 지켜보고 있었다.

그날 정규는 체육사 바로 앞에서 한 여학생이 백골단에게 머리채를 잡히는 걸 목격했다. 백골단에게 끌려가는 여학생의 외마디 비명소리에 정규는 가슴이 덜컹거렸다. 그리고 온 몸이 떨렸다. 백골단은 학생들에게 무자비한 폭력을 휘둘렀다. 학생들이 도망가다가 넘어졌다. 그 위로 백골단의 쇠파이프와 방패가 쏟아진다. 그 때 수세에 몰린 몇 명의 학생이 체육사로 피신하려는 것을 정규는 그들을 밀치고 얼른 셔터를 내리고 말았다. 무서웠다. 그럴 경우 대부분의 상인들은 학생들을 우선 피신시켰다.

그렇지만 정규는 그렇게 하지 못한 것이다. 처음 겪는 일이라 당황했던 정규였다. 서둘러서 셔터를 내리고 가게의 문을 잠근 정규는 환풍기를 틀었다. 가게로 들어온 최루가스를 내보내기 위해서였다. 셔터의 바로 밖에서 터지는 고함소리, 비명, 쫓고 쫓기는 발자국 소리들, 돌과 화염병의 잔해들이 셔터에 와서 부딪히는 소리들, 그는 셔터의 틈새로 밖을 내다볼 엄두도 내지 못했다. 정규는 점점 더 심해지는 최루가스를 눈으로, 입으로, 코로, 연신 울면서, 숨막혀 하면서, 쓰라려하면서 맡아야했다. 그때 급한 마음에 최루가스를 내보내기 위해 틀었던 환풍기는 최루가스를 내보내지 못했다. 오히려 문 밖에 깔려있던 최루가스를 더 불러들인 격이 되었다. 그러한 사실을 정규는 데모가 끝난 후, 몇 번의 고생을 한 이후에나 알게 되었다. 다른 상인들은 셔터를 내리고 문 틈새를 신문지 등으로 막고 있었다. 그동안 대학교 앞에서 장사를 해온 그들만의 노하우였다. 그날 정규는 데모가 끝난 후에도 바로 셔터를 올릴 생각을 못했다. 그러다가 미용실 여자가 셔터를 두드리며 데모가 끝났으니 이제는 나와도 된다고, 그러니 문을 열라고 해서야 정규는 겨우 체육사 밖으로 나올 수 있었다. 이제 슬슬 셔터를 내릴 순간이 되어간다. 상인들은 경험으로 그 시기를 안다. 더 이상 장사를 하는 것은 무리다.

"최형, 이 핫도그 최형네 가게에 좀 놔줘. 나 이 리어카 저 위 골목에 좀 놓고 오게."

"기름도 가게에 두지 뭐. 기름에 뭐 들어가면 안 되잖아."

"됐어, 아직 기름에 열이 있어서 가게에 두면 냄새가 배. 어떻게 최 형은 오늘 좀 팔았어?"

"팔긴, 뭐."

"에이, 이따 소주나 한 잔 해야겠어."

정규와 어느덧 친숙해진 김씨가 핫도그 리어카를 끌고 골목으로 사라졌다. 분식집 정사장도 만두 진열대를 가게로 밀어넣는다. 셔터 내릴 준비를 하는 것이다. 나리네는 과일을 박스에 담아서 쌓아놓았다. 미용실은 어느새 셔터가 내려져 있었다. 지금 미용실 여자는 이 거리의 '고참'상인답게 문틈을 잘 막고, 불안해하는 손님을 다독거리면서 머리를 말고 있을 것이다.

학교 정문 주위의 빽빽한 학생들과 그들의 선봉대가 드디어 돌과 화염병을 던지기 시작했다. 그 뒤로 '타도하자 타도하자'라는 소리가 크고 길게 이어진다. 얼굴을 손수건으로 가리고 손에는 화염병과 돌, 각목 등을 들고있는 선봉대의 수만해도 백여 명은 더

되어 보였다. 대로쪽으로는 로마병정의 모습을 한 전경대원들이 성대정문을 향해서 일보일보 전진을 한다. 방패와 투구 그리고 숨막힐 듯이 몸을 감싼 전투복에 그들의 얼굴은 없다.

 한 낮의 더위는 그들의 답답한 복장 속으로 후끈한 땀줄기를 스멀스멀 흘러내리게 하고 있을 것이다. 아스팔트에 녹아든 지열이 이글거리고 있다. 백골단들이 사이사이 골목을 차단하면서 거리를 압박해오고 있다. 무전기를 손에 쥔 간부들이 바쁘게 지시하는 모습도 보인다. 대학교 정문에서 학생들을 막으면 이 거리에서 데모 때문에 고생을 하지 않을텐데 왜 경찰들은 학생들이 거리까지 내려오게 하는 거지? 언젠가 체육사 앞에서 무전기를 손에 쥔 간부에게 정규가 물어본 적이 있다.

 그 때 그 무전기는 정규를 힐끗 보더니 대뜸 "군대 갔다 왔어요?" 했다. "왜요?" "작전 몰라요? 작전" "작전이요?" "허 이 양반 그래야 쟤들을 잡지요." 경찰들에게 데모하는 학생들은 작전의 대상이었다. 체포의 대상이고 적이었다.

 정규는 셔터를 내리고 길 건너편 다방 건물의 3층 옥상으로 올라갔다. 벌써 옥상은 사람들로 만원이 되어 있었다. 사람들 틈을 비집고 방금 올라온 거리를 내려다보니 언제들 왔는지 방독면까지 착용한 신문사의 기자들이 데모대와 진압대를 누비고 있다.

특히, 외국기자들이 많은데, 데모만 했다하면 어떻게들 알고 오는지 귀신같이 몰려드는 이 외국기자들, 이들에게 한국에서의 뉴스거리는 오직 데모밖에 없는 모양이었다. 노랗고 검고, 콧수염을 기르고 키 크고 히프가 큰 이들은 별로 서두르는 기색도없이 어슬렁어슬렁 데모의 현장을 누볐다.

정규를 알아본 다방 남자가 말을 건넨다.

"오늘은 좀 오래 하겠는데요."

"아 올라오셨어요?그러게요, 오래 끌겠어요."

"그나저나 큰일입니다. 가뜩이나 장사는 안되는데 노상 이 모양이니, 먹고사는 건 고사하고 집세나 내게 될지 모르겠습니다. 요즘 같아서야 일수 찍는 가게들은 아주 죽을 맛이겠는데요."

"글쎄 말예요, 그렇다고 데모하는 학생들만 뭐라 할 수도 없는 거고요. TV뉴스 좀 보죠. 나라 꼴이 너무 한심하지 않습니까?"

학생들과 전경들의 전초전이 그 횟수를 더해간다. 학생들은 화염병을 꽃병이라고 했다. 저 앞장선 학생들을 타격조라고 부른다고 했다. 백골단들은 전경대원들이 앞길 골목골목에 포진한 상태에서 여차하면 선두학생들을 포위하여 잡을 작전을 세우는 것 같았다. 그들은 오늘도 학생들에게 무자비한 폭력을 행사할 것이며, 마치 포획한 짐승을 끌고 가듯이 학생들을 닭장차에 몰아넣을 것이 자명했다.

다방 집 남자가 데모 광경을 내려다보며 다시 말을 한다.

"우리 이 건물은 이번에 가게 당 오만 원씩 올랐잖아요."

"아니 이렇게 데모들을 하고 장사는 되니 안되니 하는 판에 집주인들은 꼬박꼬박 월세를 올리네요. 에그, 앞에서 올리면 우리도 올리겠네요."

"그저 중간에서 죽는 건 우리 아닙니까. 건물주들이야 이런거 아나요? 알아도 모르는 척 하는 거죠. 뭐 괜히 죽는 소리나 한다고 하겠죠. 우리 건물주 박사장이 그러데요 물가 오르는 거 생각하면 집세 안올리는거라고요."

"어떡합니까, 세든 죄인이 올려달라면 올려줘야죠, 그나마 권리금이라두 챙겨서 나가려면 별 수 있습니까? 나갈 때 집주인이 틀어봐요. 권리금이 어딨나?"

"하긴요, 기껏 복덕방에서 권리금 계약했는데 집주인이 틀면 말짱 도루묵이죠."

"그것도 다 장사가 쥐뿔이나 돼 줘야 하는 얘기 아닙니까?"

"하긴요. 권리금은 고하간에 보증금이나 까먹지 말아야지."

정규와 다방집 남자가 집세얘기로 한창 열을 올리고 있는데 한 칠십쯤 되어보이는 남자가 갑자기 데모의 가운데로 달려 나와 학생들에게 소리소리 친다.

"야, 이눔의 자식들아, 학생놈들이 하라는 공부나 할 일이지. 데모는 왜 허구헌날 하구들 야단이야. 니들이 뭘 안다고, 먹고 살기가 얼마나 힘든 줄 알아?"

앞선 학생들이 이 돌발적인 사태에 잠시 조용하다가 모두 "우" 하는 소리를 낸다. 정규가 있는 옥상에서 누군가 소리친다.

"아저씨 약주 자셨거든 어서가서 빈대떡이나 드슈. 아저씨가 그런다고 누가 상이라도 준답디까? 그 학생들도 다 걱정돼서 그러는 거요. 나라걱정. 여봐요 빈대떡영감, 얼른 나와요 나와." 그 소리에 모두들 "와"하고 웃는다. 그 남자는 한 학생에 의해 길가로 밀려나갔다.

  화염병을 든 학생 중에 낯익은 학생이 정규의 눈에 띈다. 성대의 어느 동아리 회장인데 붙임성이 있는 친구였다. 단체 티셔츠를 주문받으면서 알게 된 학생인데 그냥도 오다가다 정규네 체육사에 들리는 학생이었다. 손수건으로 얼굴을 가리고 있어도 정규는 그 학생을 알아볼 수 있었다.

  "진호학생 조심하라고." 정규가 손나팔을 만들어서 소리치면서 오른손으로 백골단이 숨어있는 골목을 가리켰다. 정규의 소리에 옥상쪽을 올려다보고 진호학생이 알아들었다는 듯 손을 흔든다.

  땀을 닦으면서 핫도그 김씨가 다방건물 옥상으로 올라오자 드디어 본격적인 공방전이 벌어졌다. 화염병이 던져지고 전경과 백골단이 노도같이 학생들 쪽으로 달려들었다. 잠시 학생들의 저항이 있는 듯싶었으나 언제나처럼 전경들의 조직력과 전투력, 그리고 화력 앞에 그 많던 학생들이 밀리기 시작했다.
  "두두두두" 군화소리와 최루탄, 욕설, 여학생들의 자지러지는 비명이 뒤엉켰다. 미처 도망 못간 학생들이 발길질을 당하면서 끌려갔다. 도로에 화염병과 돌, 최루탄의 잔해들이 깔리고 시커먼 연기와 독한 최루가스가 거리를 에워쌌다. 학생들이 학교 안 깊숙이까지 밀려가 다시 전열을 정비하는 동안 전경들과 백골단은 다시 원위치로 돌아간다. 방금 잡혀간 학생들은 닭장차나 어느 작전차량에 실려졌을 것이다. 학생들은 지금 학교에서 손으로, 혹은 쌕에다 화염병과 돌을 부지런히 나르면서 전열을 정비할 것이다. 어떤 학생은 쉰 목소리로 학우들의 보다많은 참여를 호소하고 있을 것이다. 전경과 백골단들은 먹이를 쫓는 야수와 같이 더욱 맹렬해지라는 그들 지휘관의 명령을 듣고 있을 것이다.

학생들이 몰려 내려온다. 이번에는 학생들이 몇 십명씩 좀 더 중무장한 모습으로 아까 백골단들이 불시에 기습했던 골목들을 차단한다. 본열의 학생들도 좀 더 완강해보인다. 다시 함성이 인다. 학생들의 주장은 데모의 아수라장 속에서 종적이 없다. '저들이 무엇을 주장하고 왜 저렇게 해야 하는가? 그리고 왜 막아야 하는가?'라는 물음에 대한 답은 최루가스가 되어서 사람들의 눈과 코와 입, 얼굴을 사정없이 할퀴어 대고 있었다.

한 학생이 온 얼굴이 피투성이가 된 채 동료의 등에 업혀서 학생들 사이로 사라진다. 여기는 전쟁터다. 총알만 없을 뿐 사람의 생명이 왔다 갔다 하는 전쟁터다. 어느새 학생들은 다시 학교쪽으로 밀려가 있었고 학교 정문 바로 옆 상가의 어느 가게에서 불길이 치솟았다. 연기의 위치로 봐서 복사집 같았다.

"가만 저기 복사집 아닌가베, 에구 저거 큰일이네."

"에고, 애꿎은 사람 밥줄 끊어 놓는군."

"쿨럭쿨럭 그 뿐이야. 아까 보니까 그 성대 레스토랑 대형 유리가 와장창 하더라고."

"안경점이랑 서점 간판도 벌써 나갔어."

"어이구 매워, 이거 지독한데 쿨럭, 젠장 그건 어떤 놈이 보상해주나."

"에이취, 이 통에 유리가게랑 간판가게나 노났지 뭐."

"칵 퉤, 당신 가게는 괜찮아?"
"쿨럭 우린 지난번에 깨진 간판 아직 안 고쳤어. 아이고 이거 못 참겠네 내려가야지."

"어이구 매워 자 어서들 내려갑시다."

옥상에 있던 사람들이 지독한 최루가스를 더 이상 견디지 못하고 2층 다방으로 내려가면서 한 마디씩 했다. 뜻하지 않았던 데모 경기는 다방이 누리고 있었다. 다른 때 같으면 데모가 보통 한 시간을 넘기지 않는 관계로 정규와 같은 상인들은 셔터를 내리고 가게 안에서 데모 끝나기를 기다리거나, 잠깐 다방으로 피하더라도 그냥 앉았다가 각자의 가게로 돌아갔는데, 오늘은 데모가 길어졌다. 그들은 최루가스를 피해서 차를 한잔씩 시켜서 마셨다. 일단의 학생들과 데모를 피하려다 얼결에 다방 손님이 된 행인들도 다방 좌석의 상당부분을 차지하고 있었다.

 좀 전에 옥상에서 정규와 같이 임대료 걱정을 하던 다방 남자는 어느틈에 카운터에 앉아서 때 아닌 호경기에 즐거운 듯 느긋하게 담배연기를 피워 올리고 있었다. 다방의 한 자리에 앉아서 그 모습을 보는 정규의 눈에서는 아직 최루가스로 인한 눈물이 나오고 있었다. 그리고 입에서는 피식 웃음이 새어 나왔다. 핫도그 김씨는 어디로 갔는지 보이지 않았.

 "아이고 여기 계시네. 무척 맵죠? 참 아까 보니까 체육사 앞에 차 한 대 세워져 있던데 그 와중에 괜찮을까 모르겠습니다. 그거 사장님네 차 아니죠?"

 복덕방 남자가 정규 앞에 앉으면서 아는 체를 했다. 그는 체육사 자리를 소개하면서 넘기는 쪽이나, 들어오는 양쪽에서 구전을 넉넉히 챙겼었다. 그는 데모가 한창인 지금도 정규네 가게 앞에 세워진 아까의 그 5010호를 얘기하는 것이다. 정규도 옥상에서 내려오기 전까지 데모의 아수라장 그 한켠에 서 있던 그 차를 보았다. 다행히 그 차는 정규가 다방으로 내려올 때까지 잘 견뎌내고 있었다. 물론 가까이서 보면 어떨지 모르겠지만.

"아 예 그거 제 차 아니에요. 어디 제가 자가용 탈 엄두나 내겠습니까? 아까부터 세워져 있었어요."
"거 희한한 사람 다 있네. 저게 누가 내 차 좀 왕창 부셔주쇼 하는 거지. 하긴 나도 체육사 사장님이 타긴 좀 구형이다 싶었죠."

"하하, 참, 전 자가용이 없다니까요. 제가 자가용 탈 처지가 되나요 어디?" 정규는 복덕방 남자의 커피까지 시켰다. 혹시 가게를 빼게 되더라도 이 친구의 도움을 받아야 될 것이기 때문이었다. 권리금 일이 백이야 이 친구의 혀에서 왔다 갔다 할 터였다.

"장사는 여전히 잘되시죠?"하는 복덕방 남자의 말에 정규는 "예 덕분에 그럭저럭."이라고 건성건성 대답을 했다.

장장 세 시간 넘게 이어진 데모가 끝났다. 물론 오늘의 데모만 끝난 것이다. 싸움이 있었으면 승자와 패자가 있기 마련인데, 이 싸움은 승자와 패자가 없다. 패자만이 있는 싸움이다. 서로가 서로에게 상처만 주는 싸움, 영광은 없고 아픔만 존재하는 싸움, 끝이 보이지 않는 싸움이 막을 내리자 이 거리는 데모의 잔해들만이 까맣게 널려 있었다. 그러는 사이 여름의 작열하던 태양이 한 발짝 물러났다. 드르륵 드르륵 셔터 올리는 소리들이 여기저기서 들린다. 이제 얼마간의 시간이 지나면 각각의 가게에서 뿜어 나오는 형광등과 네온 간판의 빛으로 거리는 다시 밝아지기 시작할 것이다. 상인들은 제각각 빗자루를 들고 나와서 거리를 청소했다. 우선 인도에서 차도 쪽으로 쓸고, 각각 자기네 가게가 차지한 폭 만큼을 쓸었다. 그리고 부지런히 물을 뿌렸다. 그들은 손수건으로 코와 입을 막고 최루가스를 쓸어 냈다. 그러면 물차와 청소차가 와서 데모의 잔해들을 다 쓸어갔다.

행인들이 다시 거리를 메운다. 거리는 깨진 틈새로, 혹은 몸 전체로 손님을 부르는 입간판의 빛으로 본래의 모습을 찾아간다. 체육사 앞의 청소를 끝낸 정규는 빗자루를 체육사한 옆에 세우고 담배를 한 대 피워 물었다. 다행히 정규의 명륜체육사는 셔터에 화염병으로 인한 그을음만 조금 묻어있었을 뿐 별반 피해는 없었다. 데모만 했다하면 깨지기 일쑤인 입간판은 작년초에 아주 없애버렸으니 피해가 없을 수 밖에.

거리는 데모 전의 모습으로 돌아왔다. 한 낮과 초저녁의 차이일 뿐 변한 건 없다. 아까의 5010호는 아직도 그 난리의 와중에서 신기하게 제 몸을 잘 보존하고 서있다.

"이 차 주인이 누군지 참 대단하네. 차 세워둔 때가 언젠데 아직도 안나타나."

정규가 투덜대는데 한 젊은 친구가 어디선가로부터 나타나 5010호의 운전석 문을 막 열려고 했다.

"여보셔, 당신이 이 차 주인이요?"

정규의 소리에 짜증이 담겼다.
"예, 아, 이 체육사 사장님이시죠. 죄송하게 됐습니다."

"여보쇼 죄송이나 마나 남 장사하는 앞에다 차를 세운지 도대체 몇 시간이요. 나 참."

"헤헤 암튼 죄송하게 됐습니다."

"허 뭘하는 사람인진 몰라도 이 사람아 당신 차 작살날 뻔 했어."

"할 수없었어요. 아까 저 레스토랑 안에 있었는데 영어회화 테이프 팔고 있었거든요."
"그 유리창 작살난데 말요?"

차에서 걸레를 꺼내서 앞 유리를 대충대충 닦으며 5010호의 주인이 대답한다.

"예, 그 레스토랑에서 여학생 두 명 붙들고 커피 사줘가면서 공을 들였죠. 이왕 공들였는데 어떡합니까. 데모 시작했다고 차 빼러 나왔다간 그 학생들은 가겠죠. 에라 모르겠다. 버틴 거죠."

"아무리 그래도 그렇지. 데모 끝난 지가 언젠데."

정규의 짜증은 젊은이의 설레발에 슬그머니 들어가고 있었다.
"그래서 팔긴 팔았나?"

"팔긴요. 유리창이 와장창 나가는 통에 산통 다 깨졌죠. 막 계약서를 쓰려는데 하필 그 레스토랑에 최루탄이 날아드는지, 나 참 뭐가 안될라니까 계속 잡고 늘어졌는데 어디 먹혀 들어가야 말이죠. 할 수 없죠. 그 레스토랑 정리하는 거 도와주느라고요. 그냥 나오기가 그래서요. 헤헤, 이 똥차는 무사하네요."

"에이 여보슈, 그래도 그렇지. 너무 심해. 근데 장가는 갔수?"

정규가 뜬금없이 젊은이가 결혼은 했는지가 궁금해졌다.

"헤헤 예 애가 둘입니다."

"에이 좀 앳되어 보이는데."

"예, 스물 여섯입니다. 애가 애 키운거죠. 참 양말도 파시죠?"

"우린 테니스 양말밖에 없는데. 장사두 못했다면서."

"괜찮아요. 저 많이는 못사고요. 두 개만 주세요."

정규는 데모 전 후 몇 시간 동안 꽤나 신경을 쓰게 했던 5010호와 그 인사치레로 양말을 팔아준 손님을 보내고 또 담배를 피워 물었다.

나리 아빠가 과일을 진열하고 있다. 그리고 격렬한 운동을 해서 배들이 고픈지 분식집엔 손님이 많다.

"얘 김군아, 6번 테이블에 만두 하나랑 유부우동 세 개 있다."

분식집 정사장의 목소리가 길가로 크게 울려 나온다. '저 양반 신났네. 그저 이 거리에선 먹는 장사가 최고라니까.' 정규는 무심코 소형금고를 열어보고 '뭐 좀 더 팔아야 될 텐데'라는 생각을 하며 시계를 본다. 벌써 7시를 지나고 있다. 출출하다. 그러고 보니 점심을 걸렀다. 정규는 분식집에다 순두부백반을 하나 시킨다.

"깍두기가 맛있던데, 다른 반찬은 필요 없고 그거나 좀 많이 주세요."

"예 예 고맙습니다."

오십이 넘은 분식집 정사장은 정규가 음식을 시킬 때면 꼬박꼬박 말을 높였다.

"체육사에 순두부 하나다. 깍두기 좀 많이 담아서 갖다 드려라."
정규가 점심 겸 저녁을 때우고 나자 핫도그 김씨가 체육사로 들어섰다.

"최 형 많이 팔았어? 왜 아까 저 위 복사집 불났잖아? 그거 학생들이랑 정리해주고 그 집 주인이랑 한 잔하고 오는 길이야. 그냥 올라고 하는데 막무가내로 술을 사오잖아."

"그러지 않아도 어디갔나 했지. 그래서 안보였구만. 난 아까 다방에서 같이 내려온 줄 알았었네. 그래 복사집 피해 많았겠네. 옆으로는 안 번졌고?"

"응 옆집은 그렇게 큰 피해는 없고. 복사집이야 말도 못하지. 사람들이 소화기며 물이며 가져와 꺼줘서 크게 번지진 않았지만 기계가 망가졌으니, 그래도 그 복사집 주인 담담하더라고, 하지만 그 속이 속이겠어?"

김씨는 정규가 옥상에 있을 때 불을 보고 바로 그 불 난 복사집으로 달려갔다고 했다.

"그건 그렇고 오늘 장사는 이제 안해? 저 만들어 놓은 핫도그는 팔아야지."

정규가 데모 전에 맡겨진 김씨의 열 댓개의 핫도그를 가리키며 말했다.

"그거? 먹지 뭐."

"리어카는?"
"응 아까 리어카 보관소에 맡겼어. 어디 장사할 맛이 나야지. 데모 치르고 나서 핫도그를 팔면 학생들이 최루탄 냄새가 난다는 거야."

정규도 기억한다. 언젠가 데모 끝나고 김씨의 핫도그를 막 한 입 베어 물던 여학생이 핫도그를 집어던졌다. "매워, 아저씨 핫도그에 최루탄이 들어갔나 봐요." 그때 김씨는 난감하고 미안하고

속상하고 등등 도대체 표현할 수 없는 여러 가지의 감정을 얼굴에 드러냈었다.

정규네 체육사에 한 손님이 들어왔다. 아주머니 손님이다. 손님이 들어서는 걸 보고 가게의 한 켠으로 얼른 물러서는 핫도그 김씨를 힐끗 보더니 아주머니 손님은 미간을 찌푸렸다. 핫도그 김씨의 불그레한 얼굴에서 취기를 느꼈던 모양이었다. 그래도 아주머니 손님은 가게를 나가지는 않고 물건을 살폈다.

"아저씨 우리 애 아빠 입을 츄리닝 한 벌 사려구 하는데요."

"아 예 츄리닝이요, 이 쪽 행거에서 한 번 골라보세요. 사이즈별로 다 있으니까요."

정규와 아주머니 손님이 얘기하는 사이 김씨는 얼른 체육사 밖으로 나갔다. 그리고 담배를 한 대 피워 물었다. 그 뒤로 김씨가 담배를 한 대 채 피우기도 전에 아주머니 손님이 체육사 문을 나섰다. 빈손이다. 저 아주머니 오른손에 츄리닝을 담은 쇼핑백이 들려져 있어야 하는데 그냥 간다. 아쉽다. 체육사에 손님이 많으면 정규처럼 좋아하는 김씨다. 정규가 체육사 밖으로 나와서 김씨 옆에 선다.

"마음에 드는 게 없대."

"원 제길 대충 사가지."

"그거야 우리 맘이지."

그 이후로 체육사에 손님이 몇 명 들어왔지만 정규는 겨우 덤벨 두 개와 츄리닝 한 벌 팔았다. 정규는 다른 때보다 좀 이른 10시에 가게 문을 닫았다. 장사는 점점 안되는데 아까 다방남자의 가게당 5만원씩 임대료가 올랐다던 소리가 영 신경 쓰였다. 오늘의 분위기나 세상 돌아가는 모양을 봐서 데모가 앞으로도 더하면 더했지 덜하지는 않을 것 같았다.

올 여름엔 텐트나 등산장비라도 좀 팔려서 임대료 걱정이라도 안했으면 좋겠다. 집세 낼 날은 왜 그렇게 빨리 돌아오는지. 장사 안되면 야금야금 물건 판 돈 잡아먹다가 결국엔 쪽박 차게 되는 거 아닌가? 에이 그렇게야 되겠어. 어제 오늘 일도 아니고.

핫도그 김씨와 나리 아빠가 과일 노점 옆에서 핫도그와 대충 닦아서 썰어놓은 참외를 안주삼아서 술상을 차려놓고 정규를 기다렸다. 정규는 그들의 성화에 다른 날보다 한 시간 가량 일찍 문을 닫았다. 그렇게 해서 어정쩡하게 벌이던 술판은 골목의 곱창집으로 이어졌다. 곱창집으로 향하던 정규, 핫도그 김씨, 나리 아빠는 길 뒤편 골목의 술집들에서 자욱하게 피어나오는 곱창냄새와 왁자지껄 터져나오는 학생들의 노래소리와 구호소리를 듣는다.

민주, 독재타도, 건배, 위하여 최루탄 없이 이어지는 소리들, 저 속엔 아까 데모할 때 보았던 진호 학생도 있을 것이다. 또 데모와는 무관한 학생들도 있을 것이다. 곱창집에서 소주 네 다섯병을 훅훅 속으로 털어 넣은 정규네 일행은 이 정도 마셨으면 제법 얼큰해져야하는데 영 맹숭맹숭했다. 그래서 그들은 포장마차로 자리를 옮겼다. 포장마차에서 소주 두 병을 더 마신 정규네 일행에게 훅 올라온 취기만큼 용기도 같이 올라왔다. 핫도그 김씨가 말했다.

"난 내일부터 냉차장사야."

정규가 얘기했다.

"내일부턴 데모할 때 팔아먹게 손수건 좀 갖다 놔야겠어. 후후."

나리 아빠는 말없이 마지막 잔을 속으로 훅 털어놓고 한 점 남은 닭똥집을 씹다가 말했다.

"내일부터 야채도 팔 거야."

밤은 깊어서 이제 거리의 간판들도 제 모습을 감추었다. 달빛만이 심드렁하게 거리를 비추는 듯 안비추는 듯 하고 있다. 삼삼오오 어깨동무를 하고 거리를 빠져나가는 학생들의 모습이 보인다. 한 대씩 거리를 지나는 차량의 불빛이 다리가 풀린 정규네 일행을 비켜 지나갔다. 핫도그 김씨와 정규가 쭈그리고 앉아서 음식물을 토해냈다. 나리아빠는 비틀거리면서 소변을 봤다.

다음날 정규는 분식집 정사장으로부터 정규가 문 닫고 간 후 미용실 여자와 수도료 문제로 한바탕 언성을 높였다는 얘기, 자기도 정규네 체육사처럼 수도를 따로 쓸 걸 그랬다는 얘기, 미용실도 물을 많이 쓰는데 그 악착같은 여자가 삼분의 일도 안내겠다더라는 얘기를 들었다.

거기에 덧붙여서 길 건너편 이층 다방 주인이 권리금을 받고 어느 젊은 여자에게 넘기기로 했다는 소식을 들었다. 어제 데모 때 불이 났던 복사집 주인이 자신의 가게 앞에다 "나는 누구도 원망하고 싶지 않다."는 글을 써 붙였다는 소식도 들었다.

그리고 점심 무렵에는 학교에 불난 복사집을 도와주자는 대자보가 붙었다는 이야기와, 학생들이 모금운동을 시작했다는 이야기를 체육사에 들른 한 학생에게 듣고있었다.

종태가 출마했다.

그날 남양주장례식장에서 농담 삼아 오가던 말이 결국 현실이 되고 말았다.

이번 지방선거도 정당공천을 배제하느니 마느니 하다가 결국에는 당리당략에서 벗어나지 못하고 지난선거와 같이 정당공천을 하여 선거를 하게 되었다는데 다만 지방의원의 경우만 지난 선거와는 달리 소선거구제로 치러지게 되었다고 한다. 좀처럼 지지도가 오르지 않고 있는 현 정부에 대한 중간평가와 과거 야당과는 달리 반사이익을 전혀 챙기지 못하는 야당 모두가 무기력의 늪에서 허우적거리는 형국이다.

정치불신과 무관심이 더해져서 선거판의 조직이나 바람같은 익숙한 단어조차 그 이름을 올리기 어려운 선거가 될 것이라는 말들을 해오고 있는 터였다. 그나마 자칫 방관이나 무관심으로 넘어갈 뻔 했던 우리 풍양면지역의 시의원선거에 시의원후보로 종태가 출마한 것이 과연 유권자들의 관심을 이끌어내며 이야깃거리를 만들어낼지 그냥 한바탕 해프닝에 그칠지 아니면 당선이라는 이변을 연출해 낼 것인지 그날 남양주장례식장에 있었던 나를 비롯한 풍사모의 회원들은 그 결말에 어느덧 촉각을 곤두세우고 있었다.

 그날 종태가 출마하라는 농담은 그동안 시의원은 물론 동네 개발위원장을 비롯한 이장협의회장이나 새마을 부녀회장은 물론이고 새마을 지도자며 방범대장까지 외지사람들이 다 차지하고 소위 토박이들은 그야말로 어디에서 무얼 하는지 조차 모른다는 푸념 섞인 말들을 쏟아내다가 나온 말이었다.

 그렇다고 해서 종태가 시의원에 입후보할 준비를 해 왔다거나 아니면 누가 봐도 시의원에 출마할 정도의 자질이 있어서 나온 말은 아니었다. 종태는 자신이 시의원후보로 거론되는지도 모른 채 문상객들의 화투판 한 옆에서 잔뜩 술에 취한 채 곤한 잠에 빠져 있었다. 상가에는 꼭 있는 사람이다. 누가 청하거나 청하지 않거나 상가에 가면 항상 적당히 취한 채 자리를 지키고 있는 종태는 그날도 일찍부터 와서 술을 나르고 상을 보고 술을 마시고 허허거리다가 술에 취해서 널브러져 있는 것이었다.

 저러다 또 깨서 술을 나르고 담배심부름도 하고 노름에서 딴 사람에게서 만원짜리 몇 장씩도 뜯어내며 컵라면도 나르다가 아침

이 다 되어서야 다시 잠을 청할 것이다. 돌아가신 어복이 아저씨가 그랬었다. 동네 대소사는 항상 그 양반의 몫이었다. 술기운에 넘어져 겨우내 고생하다가 배가 남산만해져서 돌아가신 어복이 아저씨의 초상은 그러나 쓸쓸했었다고 한다.

 그때 술에 취해서 인사불성이었지만 그래도 상가를 끝까지 지킨 이가 종태라고 했다. 누가 시킨다고 하는 일은 아닐것이었다. 어떤 친구들은 상가집에서 매번 비틀거리는 종태를 보고 "저새끼는 왜 만날 상갓집에서 술먹고 지랄이야."라고도 한다.

 분명히 종태가 시의원감은 아니다. 고등학교도 안나온 학력에 나이 사십에 미혼인데다가 변변한 일자리가 있는 것도 아니요.재산이라고는 자신이 기거하는 컨테이너가 전부이니 무슨 사회운동가도 아니요 돈 떨어지면 막노동 나갔다가 몇 푼 벌어서 그것도 다방 아가씨들 커피 사주느라고 버는 것 보다는 술 값 외상에 커피값 외상이 더 많은 종태가 시의원이 된다면 아무리 지방의원의 수준이 낮다고 해도 이번을 넘어서 분명 잘못된 일일 터였다.

 필히 공천을 준다는 정당도 없을 것이요. 그러니 무소속으로 선거를 치러야 하는데 그것이 간단한 일은 아닐 것이다. 무슨 돈으로 선거를 치르며 자칫 종태는 물론이고 종태를 부추긴 모두가 웃음거리가 될 것은 자명한 사실이었다. 그걸 모르는 사람은 없을 것이다. 그런데 종태가 시의원 후보로 거론된 것이다. 물론 농담처럼 거론된 것이기는 했지만 그러나 그날의 그 농담에 풍양면이라는 지역사회가 한바탕 홍역을 치르게 될 줄은 아무도 예측하지 못했었다.

마침 출마 준비 중이던 각 후보와 그들의 떼거리가 우르르 몰려왔다가 빠져나간 참이었다. 그리고 출마를 할 것인지 말 것인지 아직도 고민하고 있다는 우리 풍사모의 박수돈 선배도 어정쩡하게 있다가 소리소문 없이 없어진 끝이었다.

국회의원실에 줄을 넣으려고 하다가 망신만 당했다는 이야기도 있고 또 돈좀 있다고아무나 하는 일이나 해 놓은 일 없이 개나 소나 다 덤빌 지방의원은 이제 아닌 시절이라는 것을 그는 아직 모르고 있는 모양이다.

"수돈이 형은 아니야. 뭐 한게 있어야지. 내내 나가있다가 어떻게 한번 해보려고 이제 겨우 얼굴비치네."

"그럼 딴 놈들은 좀 났냐?" "그래두 한 놈은 재선이고 또 한 놈은 그래도 집권 여당 후본데."

"모르지 저러다가 갈보처럼 쇼당이나 치려고 그러는지."

"야, 그래도 이번에는 미우나 고우나 우리 토박이가 한번 해야지."

"토박이면 뭘하우 되면 똑같은 놈일텐데 당선되면 어디 지 잘나서 된거지 우리 보기나 할 거 같수."

"안보면 대순가 뭐 동네 시의원이 그렇게 대단해서?"

"씨부럴 지 새끼들은 다 유학시키고 얼어죽을 학교발전이고 동네발전이래."

두달 남짓 앞으로 다가온 지방선거가 장례식장의 밤을 고스톱이나 포커판보다 더 거나하게 하고 있었다.

"그만들 하고 니들도어여 한판해라."

한 옆에서 고스톱을 치던 조임문 선배가 그런 말들을 가로막았고 그 끝에 누군가가 차라리 종태가 출마하면 차라리 찍겠다는 소리를 했고 그 말은 말이 되는 소리를 하라거나 아니면 그거 좋은 생각이라는 말과 섞이면서 한낱 농담으로 끝나버릴 그런 말이었으나 그 날의 그 농담이 결국 종태의 출마로 이어졌던 것이다.

한만중 선배로부터 조임문 선배가 저녁이나 한번 먹자고 한다는 말을 듣고 일식집 다해를 찾은 것은 그로부터 며칠 후의 일이었다. 다해에는 조임문 선배와 한만중 선배 외에 후배 연준과 상백도 와 있었다. 소주가 몇 순배 돌자 한만중 선배가 먼저 말문을 열었다.

"아무래도 수돈이는 아닌 것 같다." 연준이가 말을 받았다.

"그렇다고 이번 선거를 그냥 지켜볼 수만은 없고요. 물론 어느 당이든 공천을 받아야 그래도 승산이 있겠지만 요즘 돌아가는 게 무소속으로 나와도 잘만 하면 해볼만하겠더라고요."

'뭐야 수돈 선배가 아니고 무소속으로 나와도 해볼만 하다는 게 그렇다면 한만중 선배 아니면 조임문 선배가 직접 나서겠다는건가?'

"너는 어떻게 생각하냐?"

　조임문 선배가 불쑥 내게 물어왔다.

"저야 뭐."

종태가 출마했다.

"그런 대답 말고, 그냥 이렇게 있을 수는 없잖아. 네가 생각이 없었을 리가 있어?"

성격이 급한 한만중 선배가 나의 어정쩡한 대답에 종주먹을 들이댔다.

그들의 속을 짐작은 할 수 있으나 섣불리 나설 수는 없는 노릇이다.

"동네에서 누군가를 키워내야 하겠는데...... 지금 이대로 동네를 놔둘 수는 없다."

"우리가 무슨 욕심이 있어서 그러는 것은 아니지." 조임문 선배와 한만중 선배가 한마디씩 했다.

그날의 이야기를 일일이 중계할 생각은 없다. 나는 묵묵히 그들의 말을 들었기 때문이다. 그날의 결론은 종태를 선수로 내보내자는 것이었다. 승산이 있다고 꺼내든 카드라면 보기보다 조선배나 한선배가 대단히 치밀하고 용의주도한 사람들일 것이며, 그냥 못먹는 감 찔러나 보는 카드라면 어느 시점에서 쇼당이나 치려는 꼼수일 것이기에 이런 결론을 내리는데 내 이야기를 보탠다는 것은 내게 결코 도움이 될 사항이 아니었기 때문이다.

더군다나 그들은 이미 결론을 내려놓고 따를 것이냐 아니냐를 요구하고 있었던 것이다. 다만 내가 그날의 이야기를 어설프게 떠들고 다닐 정도로 경하다거나 못믿을 정도는 아니라는 믿음 정도는 있었다고 본다. 그렇게 종태의 출마는 진행이 되었다.

　그런데 놀라운 것은 종태의 반응이었다. 시의원에 출마하라는 이야기를 진지하게 내놓을 경우 일반적으로 출마를 준비하던 사람도 "내가 그럴 그릇이 되나. 나보다 훌륭한 사람도 많은데" 라고 한발짝 빼는 제스처는 취하는데 정작 종태는 담담하게 "그럼 한번 해볼까?" 라는 반응을 보였다니 "내가 미쳤냐거나 혹은 지금 농담하는거냐."거나 이럴 줄 알고 그럴 경우 "물론 황당할 것이다. 하지만 종태 네가 출마하면 당선된다는 결론이 섰다. 너는 결심만 해라 우리가 최선을 다할 거다."뭐 이런 말들을 준비해서 결연하게 이야기를 꺼냈던 사람들이 오히려 머쓱했을 것이다.

　그렇다고 종태가 그들의 움직임을 포착하고 미리 출마에 대한 구체적인 생각을 했다거나 더욱이 선거준비를 해 온 것 같지는 않았다고 했다. 이자식이 지금 시원하게 대답해 놓고 "내가 미쳤냐? 이새끼들아 시의원에 출마하게."이렇게 사람 황당하게 하는 거 아냐? 종태는 수틀리면 술기운에 아무한테나 욕을 해대는 그런 인사였기 때문에 그때 종태를 만난 사람들은 종태가 쉽게 대답을 해서 오히려 혼란스러웠다고 했다.

종태의 선거사무장은 자동차 영업을 오래한 후배 연준이 맡았다. 선거홍보는 지방지 기자인 상백이 맡았다. 선거사무소는 종태의 컨테이너를 쓰기로 하고 필요할 때마다 영다방을 이용하기로 했다. 과연 다방 20년 단골인 종태가 다방계통에는 인심을 얻은 모양이었다.

영다방의 사장이 선거때까지 종태 선거 관련 모든 커피값은 공짜라고 선언했다. 혹시 선거법에 저촉될지 모르니 종태의 선거 자원봉사자들은 다방에 일회용 커피를 갖다놓고 직접 타서 마시는 쪽으로 정리가 되었다. "이종태를 시의원으로" "풍양사랑 종태사랑" "껍데기는 가라 종태가 왔다." "배관공 이종태가 변기를 시원하게 뚫듯이 여러분의 답답한 가슴을 시원하게 뚫어드리겠습니다." 선거홍보문구도 완성이 되었고 드디어 선거는 시작되었다.

그런데 종태가 아직 공식선거운동에 들어가지는 않았지만 사실상 선거운동에 돌입한 초반부터 사고를 쳤다. 그냥 사고가 아니라 대형사고를 쳤다. 하필이면 그래도 선거대책사무실인 컨테이너에서 새벽에 대판 싸움을 벌인 것이다. 112신고를 받은 지구대의 경찰이 출동을 하고 병원 앰뷸런스까지 윙윙거린다는 연락을 받고 선거실무자인 연준과 상백은 물론이고 한선배까지 잠옷차림에 대충 점퍼만 걸치고 헐레벌떡 달려왔다. 언제 연락을 받았는지 상대 후보들인 이종성 후보 측과 김무용 후보 측에서도 몰려와

사진을 찍어대고 있었다.

 지방지 기자들도 이들과 합세해서 그야말로 컨테이너 앞은 북새통이었다. 종태는 술에 취해서 인사불성인 채로 허공에 대고 마구 욕을 쏟아내고 있었다. 츄리닝 하의에 런닝셔츠만 걸친 채 양말은 물론이고 신발도 신지 않고 이리 비틀 저리 비틀하면서 반쯤은 정신나간 사람처럼 나대고 있었다. 심하게 흥분된 상태인 듯 보여서 우선은 종태를 진정시키는것이 우선이었다.

 연준과 상백이 종태를 힘겹게 컨테이너 안으로 데리고 들어갔다.그러나 연준과 상백이 사태파악을 할 겨를도 없이 종태는 지구대의 순찰차에 태워졌다.

 사건은 심각했다. 종태가 어느 단란주점에 술값 외상이 있는데 그 술집의 마담이 종태를 찾아와서 선거에 출마할 돈이 있으면 술값부터 내놓으라고 했고 종태는 이에 미안하다거나 언제 갚는다는 이야기 없이 다짜고짜 욕을 했으며 마담의 엉덩이를 주무르는 등 성적수치심을 주는 행위를 해서 함께 온 술집 종업원이 종태와 한바탕 엉겨 붙었다가 종태에게 두드려 맞고 병원에 실려갔으며 마담도 종태가 휘두른 주먹에 맞아서 실신한 채로 어디론가 업혀갔다고 했다.

그렇다면 정말 큰일이었다. 선거는 해 보지도 못하고 종태가 형사처벌까지도 받아야 되는 정말 심각한 상황이었다. 선거는 해보나마나일 것이다. 지금 저렇게 많은 이들이 목도한 일이다. 끝났다. 한만중 선배나 뒤늦게 달려온 조임문 선배나 연준과 상백 모두가 종태를 태우고 간 지구대로 달려가 볼 힘도 없이 조금 전의 난리였던 상황을 웅변처럼 이야기하고 있는 컨테이너안 소파에 털퍼덕 앉아서 망연자실해 있었다. 조임문 선배와 한만중 선배는 누가 먼저라할 것도 없이 담배를 피워 물었다.

그러나 종태는 다음날 아침 컨테이너로 돌아왔다. 위에 이야기했던 상황이 누군가 만들어낸 이야기인지 종태가 형사처벌을 받으려면 피해자진술이 있어야 되는데 이상한 것이 종태에게 맞았다는 술집 종업원도 종태에게 성적인 희롱과 폭행을 당했다는 마담도 지구대에 나타나지 않았다는 것이다. 그러니 피해자가 없는 상태에서 종태가 지구대에 계속 머물 수는 없었다.

오히려 종태의 얼굴이 심하게 부어올랐으며 겉으로 보아서는 종태가 피해자 같았다. 종태가 술을 좋아하나 종태는 오로지 소주를 좋아하는 사람인데 단란주점에 외상이라니 조금 관심있게 생각해 보면 맞지 않는 말이었다. 혹 외상술을 먹었다고 해도 꼭 약속을 지키는 사람이지 술값 떼어먹는 사람은 아니었다. 아무리 종태가 외상커피를 마신다고 해도 커피값 떼어먹었다는 이야기는 없었고 더군다나 종태가 입이 걸어서 다방아가씨들에게 이년저년해도 그것은 듣는 아가씨들이 정감 있게 느끼는 그런 상소리였고 엉덩이를 만졌다느니 하는 이야기쯤에서는 어딘지 모르게 '무언가 있다'라는 느낌까지 갖게 했다.

 종태의 일은 단란주점의 종업원과 마담이 나타나지 않음으로 해서 끝났다. 종태는 "술에 취해서 곤하게 자고 있는데 웬 년이 들어와서 지랄을 하더니 또 어떤 놈이 자신을 마구 밟고 때리더라고 했다. 그러더니 앰뷸런스가 오고 경찰차가오고 시끄러워서 자신도 놀랐고 그냥 있다가는 맞아죽을 것 같아서 저항을 했다"고 했다. 이 일은 정확히 말해서 종태가 사고를 친 것이 아니라 종태가 사고를 당한 것이었다.

 이상하게도 종태가 후보자 등록할 즈음에는 종태가 시의원에 당선되거나 안되더라도 박빙의 승부를 벌일 것이라는 이야기가 나돌 정도로 이번 선거에서 종태는 그야말로 태풍의 핵이 되어있었다. 박수돈 선배는 이사람 저사람에게 자문을 구한다고 다니다가 대답들이 시원치 않았는지 아니면 이번에도 그냥 자가발전이나 하다가 아무리 생각해도 돈만 쓸 것 같아서 포기했는지 후보자 등록은 고사하고 오히려 이종성 후보의 꽁무니를 쫓아다닌다는 구설에나 오르고 있었다.

특히, 시장선거캠프의 무슨 특보입네 하고다니는 모습이 그나마 토박이를 밀어야 하지 않겠냐던 우리 일부 풍사모회원들을 실망시켰고 그래서 그런지는 몰라도 어느덧 종태는 우리 풍사모의 명실상부한 대표선수가 되어 있었다.

이는 아무도 예측하지 못한 결과였으며 실제 양당의 후보로 나선 이종성 후보와 김무용 후보는 애써 무시할 수도 그렇다고 인정하고 대책을 세우자니 "그야말로 내가 종태한테도 밀린다는 말인가"라는 자조섞인 이야기를 해야 하는 자존심이 상하는 그런 상황이었다.

종태의 컨테이너에 차려진 선거사무소 개소식은 그야말로 장관이었다. 종태가 이렇게 동네에서 인기가 있었는지 그 자리에 참석한 사람들은 자신의 눈을 의심할 정도였다. 동네 88다방이며 역전다방과 역사와 전통을 자랑하는 영다방 그리고 만남다방의 아가씨들이 총 출동해서 차심부름을 하였고 무엇보다 눈길을 끈 것은 "종삼사모"의 현수막과 그 현수막 밑의 학생들이었다. 초등학생에서 중학생 고등학생 대학생에 이르기까지 줄잡아 이,삼백명은 되어보이는 그들은 "종태삼촌사랑모임"의 회원들이었다.

이들이 진작부터 모임을 가졌던 것은 아니고 이번 선거를 통해서 자발적으로 모이게 되었다는데 이들은 이날 처음으로 그 실체를 드러낸 것이었다. 바야흐로 풍양면의 종태라는 바람이 청소년들의 정치참여와 세력화라는 바람도 함께 몰고 온 것이었다.

 물론 종태가 동네 친구나 선후배의 아이들을 보면은 기분내키는 대로 용돈도 쥐어주고 아이스크림도 안기면서 "내가 니들 삼촌이다 걸걸걸"하는 것을 보아오긴 했지만 아무리 그랬다고 이렇게 아이들의 호응이 좋을 수 있는지 도무지 알 수 없는 일들이 벌어지고 있었다.

 이는 전국적으로도 그 유례를 찾을 수 없는 일이었다. 이들은 UCC제작은 물론이고 다양한 카페모임을 통해서 종태삼촌을 알릴 것이라고 했다. 그야말로 이변이었다. 언제 종태가 이 많은 청소년들과 교류를 했었는지 어떻게 인연을 맺었는지 참으로 알다가도 모를 일이었다. 다방 아가씨들이야 일 없을 때면 이 다방 저 다방을 전전하며 소일 했던 종태를 아는 사람들로서는 그래도 종태가 다방 아가씨들한테는 인기가 있었나보다 하겠지만 기존 선거에 익숙해왔던 대다수 사람에게 청소년들의 지지는 놀라움 그 자체였다.

 또한, 칠순을 넘긴 풍양면의 토박이 어머니들이 모두 종태의 개소식에 모인 이유가 종태가 어머니들의 10원짜리 고스톱 친구로서 그동안 지내온데 대한 어머니들의 의리차원의 참석이었다는 점에서는 도대체 우리가 아는 종태가 지금의 종태가 맞나 하는 의문이 들 정도였다.

 본격적인 선거전에 돌입하고 모 후보 측에서 비밀리에 여론조사를 했는데 선두와 박빙의 승부를 벌이고 있다는 단정적인 소문이 돌았다.

 애써서 종태를 외면했던 이종성 후보와 김무용 후보의 캠프에서 움직이기 시작했다. 특히 현직 시의원인 이종성 후보측에서는 본격적으로 종태의 시의원으로서의 자질 문제를 들고 나왔다. 무식해서 자기 이름석자도 한문으로 못 쓰는 사람이 종태다. 무식해서 서류검토나 하겠냐? 김무용 후보 측에서는 종태는 허수아비이며 배후의 아무개가 종태를 내세워서 장난을 하고 있다는 이야기를 흘리고 다닌다고 했다.

 어느덧 종태는 공공의 적이 되어 있었다. 선거판은 격렬해졌다. 다방아가씨들이 종태의 얼굴을 인쇄한 깃발을 오토바이에 달고 풍양면을 밤낮없이 달렸다. UCC에서는 종태 삼촌 동영상이 한창 주가를 올리고 있었다. 변기를 시원하게 뚫고 물이 시원하게 내려가고 종태가 걸걸걸 웃으면서 "뚫어 막힌 가슴을 뚫어"하는 동영상은 어느덧 방송에도 소개되면서 전국적인 인기를 끌고 있었다.

그래도 종태의 당선을 예측할 수는 없었다. 종태의 주지지층인 청소년들은 투표권이 없었고 다방아가씨들도 대다수가 주민등록 전입신고가 되어있지 않아서 투표권이 없었다. 상대는 재선시의원에다가 또다른 상대는 집권여당의 후보. 이들이 속수무책으로 당할 리는 없었다.

 실탄이 뿌려지고 있다는 소문이 돌았다. 조직이 움직인다고도 했다. 무엇보다 상대후보들이 논리적인 언변으로 개인연설회장을 압도하며 다닐 때 종태는 그들만큼 언변이 없어서 써준 원고나 겨우 읽고 다니고 있었다. 종태는 바람에 그칠 수도 있었다. 시의원이 장난은 아니지 않으냐 그래도 실력이 있어야하지 않느냐는 이야기가 입에서 입으로 돌았다. 과연 조직의 힘은 상당했다.

 특히, 종태의 한계도 분명했다. 무엇보다 종태의 슬로건은 먹혔는데 어떻게 하겠다는 세부적인 내용에서 종태는 분명한 비전을 제시하지 못하고 있었다. 풍양면에서 도지사나 시장이나 도의원 선거는 없었다. 오직 시의원선거만이 있었다. 종태 때문이었다. 내기를 거는 모습들도 눈에 띄었다. 바람의 종태냐 조직의 이종성이냐 능력의 김무용이냐 그야말로 숨막히는 상황으로 선거는 치닫고 있었다. 풍사모의 회원들도 바빠졌다. 아쉬움이 있다면 사람의 마음이라는 것이 모두 같지는 않아서 같은 풍사모의 회원이라도 누구는 이종성 후보의 사무실로 또 누구는 김무용 후보의 사무실로 다니면서 박쥐노릇을 한다는 것을 알고도 모른 척 해야 하는 답답함이었다. 한만중 선배가 그들에게 직격탄을 날렸다. "가. 가서 오지마."

 그리고 한만중 선배가 전화를 돌리기 시작했다. 심지어는 종태와 상가순회도 함께 했다. 조 임문 선배도 움직였다. 조임문 선배가 누군가? 그야말로 선거판에서 산전수전 다 겪은 사람이 아닌가.

 선거를 몇일 앞두고부터는 종태의 컨테이너 앞이 국수장국잔치를 하는 잔치판이 되어있었다. 동네 어머니들이 누구는 국수를 누구는 파와 고춧가루를 누구는 계란을 또 누구는 마른 김과 멸치를 김치를 제각각 들고 모여서 동네잔치를 했다. 어느덧 누군가는 파전을 부치고 하면서 그야말로 잔치를 벌였다. 누구든지 이곳에서는 맛있는 어머니의 국수장국을 먹을 수 있었다. 누가 이들에게 선거법을 들이댈 것인가. 어머니들은 어느 누구도 종태를 찍으라는 말을 하지 않았다.

 드디어 선거가 끝났다. 그리고 개표장소인 남양주 실내체육관에 가 있던 연준으로부터 연락이 왔다. 종태가 이겼다. 그것도 압도적으로. 어느 정당에도 소속되지 않았으며 아는 것도 없으며, 그야말로 가진거라고는 '불알 두 쪽'밖에 없는 종태가 드디어 남양주

시의 시의원이 되었다. 마지막까지 후보자보다는 정당을 보고 투표하는 유권자들의 투표성향과 다른 후보들의 조직력과 또다른 사람들의 빈정거림과 종태의 선거 자원봉사자들마저도 반신반의하던 선거였다. 그런데 종태가 이겼다.

 비좁은 컨테이너 안은 물론이고 밖에서 대충 신문지를 깔고, 소주잔을 기울이며 소식을 기다리던 이른바 '종태의 사람들'은 누가 먼저랄 것도 없이 만세를 외쳤다. 서로 부둥켜안고 뛰거나 서로 악수하면서 축하를 했다.

 어느 순간 '종태'라는 인물에게 한 발짝 걸친 내가 과연 잘한 것인지 못한 것인지 내가 도대체 무슨 일을 한 것인지 잠시 멍한 채로 담배를 한개피 피워물었다.

 과연 이 선거가 대다수 조용한 민심을 '종태'라는 다소 당혹스런 인물을 통해서 표출한 것인지 아니면 '종태'라는 만만한 인물을 내세워서 풍양면이라는 지역사회의 주도권이라도 쥐고 행세하려고 했던 것은 아닌지 더욱이 '내동네 사랑'이라는 명분을 앞세워 진정 우리가 하려고 했던 것은 무엇인지 과연 '종태'라는 자연인을 우리가 나무위에 올려놓고 이렇게 흔들어도 되는 것인지 이제야 번쩍 정신이 들고 있었다.

종태는 그 시간 조임문 선배의 집에서 참으로 오랜만에 단 잠에 빠져 있었다. 거실에서 조임문 선배는 축하인사를 받기에 바빴고 자신이 시의원에 당선된 사실을 아는지 모르는지 종태는 동네 대선배의 집 작은방에서 아주 편안하고도 순박한 얼굴을 하고 단 꿈을 꾸고 있는데 아마도 종태는 꿈속에서나마 참으로 오랜만에 영다방에 전화로 커피주문을 하고 있을 것이다.

"나 종댄데 남양주시장실에 냉커피 두잔 하고 서비스 한잔 보내라. 일 열심히 하시라고 이 종태 의원님이 보냈다고 하면 알아 계산은 월말이다. 아 풍양면장실에도 한잔 보내라. 걸걸걸"

그러나 이건 나의 소설적인 상상이었다. 종태가 사라졌다. 핸드폰은 물론이고 새벽 늦게 잠이 들었다는 조임문 선배도 종태의 종적을 몰랐다. 어디 며칠 훌쩍 떠났다가 돌아오겠거니 생각하다가도 종태가 지금 받고 있을 혼란을 생각하면 이해가 안되는 것도 아니었다. 종태를 분명히 어렸을 때부터 같이 자라서 많이 안다고 생각했는데 확실히 아침에 나갔다가 저녁에나 들어오거나 하면서 건성으로 내 동네를 대하던 내가 아는 종태는 분명 아니었다. 내가 확인한 건 종태가 누군가 권해서 시의원에 출마했다고 해도 결국 그것은 종태의 뜻이었다는 것이다. 종태는 그러나 선거가 끝나고 오랫동안 돌아오지 않았다.

조임문 선배는 종태와 연락이 되었는지 아니면 그에 대한 믿음이 있어서인지 종태의 연락이 두절 된지 보름이 지났건만 덤덤한 채 후배들과 소주잔을 기울이고 있었다. "도대체 종태 이자식은 어디로 갔는지 이러다 실종신고라도 해야 되는 거 아니냐."고 후배들이 입을 모아도 "어서 술 들 들어."라는 말만 할 뿐 누가 떠드냐는 식이었다. 그러다가 조선배가 "일찍부터 종태의 가능성을 난 보았지." 라고 했다.

종태가 아직 많지 않은 나이지만 그래도 이 풍양면의 과거를 기억하고 또 애환을 겪으며 앞으로도 이 풍양면을 떠나지 않고 풍양벌을 이야기 할 사람이 종태라는 것이다. 어복이 아저씨 돌아가셨을 때 조임문 선배는 사업이 어려워서 가산을 정리하고 풍양면을 떠나다시피 했었다. 유달리 선후배를 따지고 통도 컸던 선배기도 했었기에 그를 따르던 후배들은 그때 눈시울깨나 붉혔었다. 그 자신이 그의 선배들 시키는 대로 선거판에서 물불 안가리고 뛰기도 했었지만 그때는 그것이 다 동네를 위한 일이었으며 자신의 이익이나 영달을 위한 일은 아니었었다고 했다. 그건 사실이었다. 선배가 시키면 당연히 했고 막걸리 한잔 사주면 만족했다. 어쩌다 용돈이라도 쥐어주면 그저 감격할 따름이었다. 그러나 그것은 동네의 퇴보를 가져왔다. 정확히 말해서 소위 '토박이'라고 일컫는 사람들이 미래에 대하여 고민하지 않았고 후배에게 시킬 줄만 알았지 그들에게 무엇을 준비해줄지는몰랐었다. 그래서 풍양면은 도

도하게 밀려드는 새로운 사람들과 개발과 변화의 바람앞에서 속수무책으로 쓰러졌으며 이제 조임문 선배는 과거의 잘못된 관행에 종지부를 찍으려고 하는 것이었다.

 겉으로만 보아서는 종태의 당선에 풍사모가 지대한 역할을 한 것으로 보인다. 하지만 종태를 당선시킨 힘은 따로 있었지 않나 싶다. 이토록 치밀하게 써진 각본이 있나 싶을 정도로 그 정체를 알 수 없는 힘은 종태가 종적을 감추고 또 지금 조임문 선배만은 알 것 같은 이 묘한 분위기를 통해서 의문은 증폭되고 있다. 선거 때야 아무래도 이성을 잃을 때니까 올바른 판단이 안설 수 있지만 지금은 그 의문에 대한 답을 찾을 때이다.

 종태가 다시 이 풍양면에 돌아왔는지 그리고 종태는 과연 무슨 마음으로 선거에 출마하라는 제안을 받아들였는지 과연 조임문 선배는 무슨 마음으로 종태를 출마하게 하였는지 나 역시 종태의 선거를 도운 입장이지만 모르겠다. 청소년들의 무서운 응집력과 다방아가씨들이 보여주었던 그 의리라고만 표현하기에는 부족한 열정과 동네 어머니들의 잔치와 말없는 수많은 사람들의지지와 성원이 과연 '종태'라는 또다른 걸출한 인물의 탄생을 예고하는 것인지 그 모든 것을 모르겠다.분명한 것은 진작 사람들이 선거는 잊었으나 세상이 여전히 어렵고, 나아질 기미가 없는 경제 뉴스와 답답한 정치뉴스를 뿜어낼 때마다 종태를 그리워한다는 것이다.

삼사재 기획선 010
비상계엄

펴낸 날	2025년 02월 20일
저자	이용호
발행인	이정숙
편집인	이성봉
디자인	민승아
발행처	삼사재
등록일	2020년 05월 26일
등록번호	236-93-01196
주소	(12120) 경기도 남양주시 퇴계원읍 퇴계원로 73 도서출판 삼사재
편집실	(04553) 서울시 중구 삼일대로 8길 12(충무로 2가) 태광빌딩 201호
전화	031)591-9735
대표메일	ggomo89@hanmail.net
블로그	https://blog.naver.com/samsajae0526
인스타그램	@Samsajae_book
인쇄	화신문화 02) 2277-7848

ISBN 979-11-985705-4-3 03810

· 잘못된 책은 구입하신 서점에서 바꿔드립니다.
· 책값은 뒷표지에 있습니다.
· 삼사재에 대한 더 많은 정보가 필요하신 분은 블로그를 방문해주시길 바랍니다.

> 삼사재는 독자 여러분의 소중한 아이디어와 원고 투고를 기다리고 있습니다.
> 원고가 있으신 분은 ggomo89@hanmail.net으로 간단한 개요와 취지,
> 연락처를 보내주세요.